40

改革开放四十年文学丛书

"朦胧诗"与"第三代诗"

陈晓明 主编

作家出版社

出版说明

今年是改革开放40周年。40年来，当代中国发生了翻天覆地的变化，社会经济繁荣发展，人民生活幸福美好，当代文学硕果累累。为了庆祝这一盛大的节日，展示改革开放40年来的文学创作成就，进一步树立文化自信和文学自信，推动中国文学创作的大发展大繁荣，根据中宣部和中国作家协会的部署，我们特别策划了这套规模宏大的"改革开放40年文学丛书"。

文学是时代的一面镜子。40年来，中国当代文学在反映时代变化和人民精神面貌上做出了突出贡献，一大批反映改革开放伟大历程和人民精神风貌变化的作品涌现出来，真实地记录了改革开放40年来我们伟大祖国和人民所走过的不平凡的道路。因此，这套丛书的编辑出版一方面在展示当代文学40年的光辉历史，同时也展现改革开放40年的伟大成就。

在体例上，丛书以文学思潮和重大题材为纲，选取了改革开放40年中出现的比较有典型性和影响力的文学思潮和重大题材，以此为中心，遴选最能代表该文学思潮的作家作品。需要说明的是，这些文学思潮是历时性地交叉出现的，有一个更迭演变的过程，彼此之间在文学理念上各不相同又有诸多联系。受此文学环境的影响，作家们的创作也多是穿插于这些文学思潮之间的，许多作家在不同的文学思潮中有多个优秀的作品出现。但出于丛书体量和编排体例的整体考虑，我们每位作家只选取了一部作品并放置于某一个文学思潮的类目之下，这绝不是说该作家只有这一种类型的文学创作，而是为了显示其对某一个文学思潮的突出贡献，展现其创作的独特性。

入选丛书的作品经过了论证委员会的认真评审，专家评审从文学性、时代性、影响力等多方面进行综合考察，选取了最具代表性的作品。在一定意义上，这些作品构成了一部特殊形态的当代文学史，代表了当代文学40年的伟大成就。

40年来，中国文学始终与人民同心，与时代同行，文学既植根于时代生活的沃土，又以自身的发展融入时代的洪流，推动历史的前进。我们期待，丛书的出版能够实现对于当代文学40年光辉历程的展示，能够实现对于改革开放40年伟大成就的留影。更期待当代文学能够继续为人民美好生活的需要提供更多更优秀的精神食粮，为中华民族伟大复兴中国梦的实现贡献力量。

由于丛书体量有限，遗珠之憾在所难免，恳请读者朋友理解并谅解，同时更盼批评指正。

作家出版社

2018年10月

目　录

"朦胧诗"

「朦胧诗」

致橡树

舒　婷

我如果爱你——
绝不像攀援的凌霄花，
借你的高枝炫耀自己；
我如果爱你——
绝不学痴情的鸟儿，
为绿荫重复单调的歌曲；
也不止像泉源，
常年送来清凉的慰藉；
也不止像险峰，
增加你的高度，衬托你的威仪。
甚至日光，
甚至春雨。

不，这些都还不够！
我必须是你近旁的一株木棉，
作为树的形象和你站在一起。
根，紧握在地下；
叶，相触在云里。
每一阵风过，
我们都互相致意，
但没有人，
听懂我们的言语。
你有你的铜枝铁干，
像刀，像剑，也像戟；
我有我红硕的花朵，
像沉重的叹息，

又像英勇的火炬。

我们分担寒潮、风雷、霹雳;
我们共享雾霭、流岚、虹霓。
仿佛永远分离,
却又终身相依。
这才是伟大的爱情,
坚贞就在这里:
爱——
不仅爱你伟岸的身躯,
也爱你坚持的位置,
足下的土地。

中秋夜

舒　婷

海岛八月中秋
芭蕉摇摇
龙眼熟坠
不知有"花朝月夕"
只因年来风雨见多
当激情招来十级风暴
心，不知在哪里停泊

道路已经选择
没有蔷薇花
并不曾后悔过
人在月光里容易梦游
渴望得到也懂得温柔
要使血不这样奔流
凭二十四岁的骄傲显然不够

要有坚实的肩膀
能靠上疲惫的头
需要有一双手
来支持最沉重的时刻
尽管明白
生命应当完全献出去
留多少给自己
就有多少忧愁

回　答

北　岛

卑鄙是卑鄙者的通行证，
高尚是高尚者的墓志铭，
看吧，在那镀金的天空中，
飘满了死者弯曲的倒影。

冰川纪过去了，
为什么到处都是冰凌？
好望角发现了，
为什么死海里千帆相竞？

我来到这个世界上，
只带着纸、绳索和身影，
为了在审判之前，
宣读那些被判决了的声音。

告诉你吧，世界
我——不——相——信！
纵使你脚下有一千名挑战者，
那就把我算作第一千零一名。

我不相信天是蓝的，
我不相信雷的回声，
我不相信梦是假的，
我不相信死无报应。

如果海洋注定要决堤，

就让所有的苦水都注入我心中，
如果陆地注定要上升，
就让人类重新选择生存的峰顶。

新的转机和闪闪星斗，
正在缀满没有遮拦的天空。
那是五千年的象形文字，
那是未来人们凝视的眼睛。

一 切

北 岛

一切都是命运
一切都是烟云
一切都是没有结局的开始
一切都是稍纵即逝的追寻
一切欢乐都没有微笑
一切苦难都没有泪痕
一切语言都是重复
一切交往都是初逢
一切爱情都在心里
一切往事都在梦中
一切希望都带着注释
一切信仰都带着呻吟
一切爆发都有片刻的宁静
一切死亡都有冗长的回声

天　空

芒　克

太阳升起来
天空血淋淋的
犹如一块盾牌

日子像囚徒一样被放逐
没有人来问我
没有人宽恕我

我始终暴露着
只是把耻辱
用唾沫盖住

天空，天空
把你的疾病
从共和国的土地上扫除干净

可是，希望变成了泪水
掉在地上
我们怎么能确保明天的人们不悲伤

我遥望着天空
我属于天空
天空呵
你提醒着
那向我走来的世界

为什么我在你面前走过
总会感到羞怯
好像我老了
我拄着棍子
过去的青春终于落在手中
我拄着棍子
天空
你要把我赶到哪里去
我为了你才这样力尽精疲

谁不想把生活编织成花篮
可是，美好被打扫得干干净净
我们这么年轻
你能否愉悦着我们的眼睛

带着你的温暖
带着你的爱
再用你的绿舟
将我远载

希望
请你不要走得太远
你在我身边
就足以把我欺骗

太阳升起来
天空——这血淋淋的盾牌。

十月的献诗

芒　克

庄　稼

秋天悄悄地来到我的脸上
我成熟了。

劳　动

我将和所有的马车一道
把太阳拉进麦田……

果　实

多么可爱的孩子
多么可爱的目光
太阳像那树上红色的苹果
它下面是无数孩子奇妙的幻想

秋天的树林

没有你的目光
没有你的声音
地上落着红色的头巾……

遭　遇

那是个像云片般飘动着的
女人的身影

小　路

那在不停摇摆的白杨
那个背靠着白杨的姑娘
那条使姑娘失望的弯弯曲曲的路上……

风

我很想和你说：
让我们并排走吧

云

我爱你
当你穿上那件白色的睡衣……

河　流

疲劳的人儿
你可愿意让我握住那只苍白的小手

妻　子

我将把所有的日子
都给你带去

土　地

我全部的情感
都被太阳晒过

沐　浴

孩子赤条条的
女人袒露着胸脯……

钟　声

男人们
从阳光里给女人带回了温暖……

垦荒者

我是河流，
我是奶浆，
我要灌溉，
我要哺养。
我是铁犁，
我是镰刀，
我要耕种，
我要收割。

日　落

太阳朝着没有人的地方走去了……

孩　子

那向我走来的黑夜对我说：
你是我的……

露　宿

面对面的坐着，
面对面的沉默，
遍地是窝棚和火堆，
遍地是散发着泥土味的男人的双腿。

酒

那是座寂寞的小坟。

田　野

在她那孤零零的坟墓上写着：
我没有给你留下什么，
我也没有给你留下我。

生　活

那早已为你准备好了痛苦与欢乐！

路　灯

整齐的光明，

整齐的黑暗。

回 忆

你呀，
这红红绿绿的夜，
又不知该怎样地把我折磨。

感 情

猛地惊醒，
便又爱上了寂寞。

青 春

在这里，
在有着繁殖和生息的地方，
我便被抛弃了。

岁 月

生活向我走来了，
从此她就再没有离开过我。

诗 人

带上自己的心！

黎 明

但愿我和你怀着同样的心情，

去把道路上的黑暗清除干净。

白洋淀

别忘了，
欢乐的时候
让所有的渔船也在一起碰杯。

帆　船

到那个时候
我将和风暴一块回来！

爱　情

即使你离我很远很远，
我也一定会记着；
是我的，
你全都赋予了我。

遗嘱

不论我是怎样的姓名，
希望
把她留在这块亲爱的土地上。

选择

最好
在一个荒芜的地方安顿
我的生活。

那时
我将欢迎所有的庄稼来到
我的田野。

相信未来

食　指

当蜘蛛网无情地查封了我的炉台
当灰烬的余烟叹息着贫困的悲哀
我依然固执地铺平失望的灰烬
用美丽的雪花写下：相信未来

当我的紫葡萄化为深秋的露水
当我的鲜花依偎在别人的情怀
我依然固执地用凝霜的枯藤
在凄凉的大地上写下：相信未来

我要用手指那涌向天边的排浪
我要用手掌那托住太阳的大海
摇曳着曙光那枝温暖漂亮的笔杆
用孩子的笔体写下：相信未来

我之所以坚定地相信未来
是我相信未来人们的眼睛
她有拨开历史风尘的睫毛
她有看透岁月篇章的瞳孔

不管人们对于我们腐烂的皮肉
那些迷途的惆怅、失败的苦痛
是寄予感动的热泪、深切的同情
还是给以轻蔑的微笑、辛辣的嘲讽

我坚信人们对于我们的脊骨

那无数次的探索、迷途、失败和成功
一定会给予热情、客观、公正的评定
是的，我焦急地等待着他们的评定

朋友，坚定地相信未来吧
相信不屈不挠的努力
相信战胜死亡的年轻
相信未来、热爱生命

这是四点零八分的北京

食　指

这是四点零八分的北京，
一片手的海洋翻动；
这是四点零八分的北京，
一声雄伟的汽笛长鸣。

北京车站高大的建筑，
突然一阵剧烈的抖动。
我双眼吃惊地望着窗外，
不知发生了什么事情。

我的心骤然一阵疼痛，一定是
妈妈缀扣子的针线穿透了心胸。
这时，我的心变成了一只风筝，
风筝的线绳就在妈妈手中。

线绳绷得太紧了，就要扯断了，
我不得不把头探出车厢的窗棂。
直到这时，直到这时候，
我才明白发生了什么事情。

—— 一阵阵告别的声浪，
就要卷走车站；
北京在我的脚下，
已经缓缓地移动。

我再次向北京挥动手臂，

想一把抓住他的衣领，
然后对她大声地叫喊：
永远记着我，妈妈啊，北京！

终于抓住了什么东西，
管他是谁的手，不能松，
因为这是我的北京，
这是我的最后的北京。

祖国啊，祖国

江 河

在英雄倒下的地方
我起来歌唱祖国

我把长城庄严地放上北方的山峦
像晃动着几千年沉重的锁链
像高举起刚刚死去的儿子
他的躯体还在我手中抽搐
我的身后，有我的母亲
民族的骄傲，苦难和抗议
在历史无情的眼睛里
掠过一道不安
深深地刻在我的额角
一条光荣的伤痕
硝烟从我的头上升起
无数破碎的白骨叫喊着随风飘散
惊起白云
惊起一群群纯洁的鸽子

随着鸽子，愤怒和热情
我走过许多年代，许多地方
走过战争，废墟，尸体
拍打着海浪像拍打着起伏的山脉
流着血
托起和送走血红血红的太阳
影子浮动在无边的土地
斑斑点点——像湖泊，像眼泪

像绿蒙蒙的森林和草原
隐藏着悲哀和生命的人群在闪动
像我的民族隐隐作痛的回忆
没有一片土地使我这样伤心,激动
没有一条河流使我这样沉思和起伏

这土地,仿佛疲倦了,睡了几千年
石头在噩梦中辗转,堆积
缓慢地长成石阶、墙壁、飞檐
像香座,像一枝镀金的花朵
幽幽的钟声在枝头战栗
抖落了一年一度的希望
葬送了一个又一个早晨
一座座城市像岛屿一样浮起,漂泊
比雾中的船只还要迷惘
大片大片的庄稼在汗水中成熟
仿佛农民朴素的信仰
没有什么
留给醒来的时候
留给晴朗的寂寞

也许
烦恼和血性就从这时起涌
火药开始冒烟
指针触动了弯成弓似的船舶
丝绸朝着河流相反的方向流往世界
像一抹余晖,温柔地织出星星
把美好的神话和女人托付给月亮
那么,有什么必要
让帝王的马车在纸上压过一道道车辙
让人民像两个字一样单薄,瘦弱

再让我炫耀我的过去

我说不出口

只能睁大眼睛

看着青铜的文明一层一层地剥落

像干旱的土地，我手上的老茧

和被风抽打的一片片诚实的嘴唇

我要向缎子一样华贵的天空宣布

这不是早晨，你的血液已经凝固

然而，祖国啊

你毕竟留下了这么多儿子

留下劳动后充血的臂膀

低垂着——渐渐握紧了拳头

留下历史的烟尘中一面面反叛的旗

留下失败，留下旋转的森林

枝丫交错地伸向天空

野兽咆哮

层层叠叠的叶子在北方涔涔飘落

依旧浓郁地覆盖着南方

和沉重的庄稼一同翻滚

鸟群呼啦啦飞起

祖国啊，你留下这样美好的山川

留下渴望和责任，瀑布和草

留下熠熠闪烁的宫殿，古老的呻吟

一群群喘息的灰色的房屋

留下强烈的对比、不平

沙漠和曲曲折折的港湾

山顶上冰一样冷静的思考

许多年的思考

轰轰隆隆响着，断裂着

焦急地变成水

投向峡谷，深沉，激荡
与黑压压的岩石不懈地冲撞
涌向默默无声地伸展的土地

在我民族温厚的性格里
在淳朴、酿造以及酒后的痛苦之间
我看到大片大片的羊群和马
越过栅栏，向草原移动
出汗的牛皮、犁耙
和我的老树一样粗糙的手掌之间
土地变得柔软，感情也变得坚硬

只要有群山平原海洋
我的身体就永远雄壮，优美
像一棵又一棵树一片又一片涛声
从血管似的道路上河流中
滚滚而来——我的队伍辽阔无边
只要有深渊、黑暗和天空
我的思想就会痛苦地升起，飘扬在山巅
只要有蕴藏，有太阳
我的心怎能不跳出，走遍祖国

树根和泥淖中跋涉的脚是我的根据
苦味的风刺激着我，小麦和烟囱在生长
什么也挡不住
即使修造了门，筑起了墙
房子是为欢聚、睡眠和生活建造的
一张张窗口像碰出响声的晶莹酒杯
像闪着光的书籍一页一页地翻动
繁殖也不意味着拥挤和争吵
只要有手，手和手就会握在一起

哪怕是沙漠中的一串铃声，铃铛似的
椰子树脖子上摇动的椰子
烫手的空气中，沙滩上疲倦的网
同样是我的希望
寒冷的松针以及稻子的芒刺
是我射向太阳的阳光
太阳就垂在我的肩上，像樱桃，像葡萄
痒酥酥的，像汗水和吻流过我的胸脯
乌云在我的叫喊和闪电之后
降下疯狂的雨
像垂死的报复
落下阴惨惨的撕碎了的天空

那么，在历史中
我会永远选择这么一个时候
在潮湿和空旷中
把我的声音压得低低的低低的
压进深深的矿藏和胸腔
呼应着另一片大陆的黑人的歌曲
用低沉的喉咙灼热地歌唱祖国

星星变奏曲

江　河

如果大地的每个角落都充满了光明
谁还需要星星，谁还会
在夜里凝望
寻找遥远的安慰
谁不愿意
每天
都是一首诗
每个字都是一颗星
像蜜蜂在心头颤动
谁不愿意，有一个柔软的晚上
柔软得像一片湖
萤火虫和星星在睡莲丛中游动
谁不喜欢春天，鸟落满枝头
像星星落满天空
闪闪烁烁的声音从远方飘来
一团团白丁香朦朦胧胧

如果大地的每个角落都充满了光明
谁还需要星星，谁还会
在寒冷中寂寞地燃烧
寻找星星点点的希望
谁愿意
一年又一年
总写苦难的诗
每一首都是一群颤抖的星星
像冰雪覆盖在心头

谁愿意，看着夜晚冻僵
僵硬得像一片土地
风吹落一颗又一颗瘦小的星
谁不喜欢飘动的旗子，喜欢火
涌出金黄的星星
在天上的星星疲倦了的时候——升起
去照亮太阳照不到的地方

纪念碑

江　河

我常常想
生活应该有一个支点
这支点
是一座纪念碑

天安门广场
在用混凝土筑成的坚固底座上
建筑起中华民族的尊严
纪念碑
历史博物馆和人民大会堂
像一台巨大的天平
一边
是历史，昨天的教训
另一边
是今天，是魄力和未来

纪念碑默默地站在那里
像胜利者那样站着
像经历过许多次失败的英雄
在沉思
整个民族的骨骼是他的结构
人民巨大的牺牲给了他生命
他从东方古老的黑暗中醒来
把不能忘记的一切都刻在身上
从此
他的眼睛关注着世界和革命

他的名字叫人民

我想
我就是纪念碑
我的身体里垒满了石头
中华民族的历史有多么沉重
我就有多少重量
中华民族有多少伤口
我就流出过多少血液

我就站在
昔日皇宫的对面
那金子一样的文明
有我的智慧，我的劳动
我的被掠夺的珠宝
以及太阳升起的时候
琉璃瓦下紫色的影子
——我苦难中的梦境
在这里
我无数次地被出卖
我的头颅被砍去
身上还留着锁链的痕迹
我就这样地被埋葬
生命在死亡中成为东方的秘密

但是
罪恶终究会被清算
罪行终将会被公开
当死亡不可避免的时候
流出的血液也不会凝固
当祖国的土地上只有呻吟

真理的声音才更响亮
既然希望不会灭绝
既然太阳每天从东方升起
真理就把诅咒没有完成的
留给了枪
革命把用血浸透的旗帜
留给风，留给自由的空气
那么
斗争就是我的主题
我把我的诗和我的生命
献给了纪念碑

一代人

顾　城

黑夜给了我黑色的眼睛
我却用它寻找光明

远和近

顾　城

你，
一会看我，
一会看云。

我觉得，
你看我时很远，
你看云时很近。

乌篷船

杨　炼

忧郁的时辰　黄昏的河面上
浪涛狂奔，搅碎徐徐陨落的太阳
浑浊的水面一片白光，低沉的
吼叫，从脚下升起，从这条
柔软而凶险的道路上升起
泡沫和星星溅湿天空
黄昏的河面上
岩石和树丛投下巨大的阴影
一阵阵风抽搐着，无形的手指
拨动这古老的提琴
忧郁的时辰呵——大渡河
汹涌着，咆哮着，在我的灵魂里
一闪而过
大渡河——我日夜流浪着的辽阔世界啊

黑黝黝的夜，降落下来
沉重的，肮脏的
像我头上那顶补了又补的船篷
朽坏的舱板，月光浸透的
波浪间划动的桨，黑黝黝的
劳动者沉重的肩膀
像我浑身上下被太阳炙烤的皮肤
脸庞和浪花一样飘荡的头发
我在一个又一个黑色的漩涡中旋转

忧郁的时辰呵，大渡河

听着你的涛声，我就想起你那无数兄弟
此刻，同样的夜也披拂在他们肩头了吗
同样的呼唤也在招引他们归去吗
我想起许许多多注入你的小溪
那成千上万双走过胸中溪畔的赤裸而疲倦的脚
拖着长长的身影，长长的
在幽暗中流淌的成千上万声叹息
融汇着、弥漫着群山和大地
大渡河呵，你从苍茫的远方匆匆跑来
粗犷得像一位没有开化的山民，贫穷得
袒胸露臂——冲撞我，亲吻我
就是要诉说那些被遗忘的人们痛苦的故事吗

岸边闪烁的油灯哟，孩子们手中的油灯哟
你照耀过无数岁月浪头般起伏逝去
你照耀过多少从险恶深渊里挣扎归来的船只
你照耀过在沙滩上徒然盼望的儿女的眼泪
当我初次感受这生活激流的冲击
像那群光屁股的伙伴一样，眼睛
在惊涛里放出新鲜的光——我就结识了你
那时候，你在如今已经衰老的父亲手中
你在如今已经憔悴的母亲手中
这打着桨，摇着橹，变得舱板一样粗糙的手呵
你照耀过祖祖辈辈无穷无尽的劳动
大渡河，你永无休止地唱着无字悲歌的河流呵
你世世代代背诵着苦难传说的河流呵
除了你，谁能知道这些劳累得空洞的人们
也曾有过蓬蓬勃勃的青春？谁能知道
在这布满危险的礁石上，也曾生长过温柔碧绿的爱情
除了你，谁会懂得这一船船满载的树木、砂石
怎样填进船夫们一年年沉重的生命

而那节奏鲜明、像河流一样雄壮的号子
也并不是一首韵律优美的抒情诗
他们那草帽遮住的面孔，他们与风暴搏斗的性格
刻划着多少难以解脱的忧伤呵……

广阔的夜，凝滞在每双瞳孔中的夜
你看到那从遥远的年代起，就
和船夫一样劳累在田野上的人们了么
你看到那像航行过狭窄水道似的
穿过机器之间的人们了么
跌倒在草丛里的母亲们饥饿的目光是多么寒冷
应当轻轻抚摸书页，却拿起
粗大工具的少女的手指是多么可怜
八月的果园里，一株株小白杨树般的身躯弯向大地
一片片早晨的颜色，从汗流的脸颊上
剥落童年的梦想
与矿井下命运般乌黑的煤层埋在一起
广阔的夜，幽深的夜，沉重而肮脏的夜哟
你是世界头上那补了又补的船篷
压抑在每个劳动者心灵的上空
所有血液温暖着的臂膀都感受到它的重量
哦！痛苦——你是地球上最长的夜

划回去吧！划回去吧
沙滩上的孩子们在等待我
在这黑暗中
微弱的光明诱惑我
一双双渴望的眼睛
正朝浓密的夜色中张望
一群群寻找窝巢的发光的鸟儿
在寻找唯一属于自己的家

划回去吧！划回去吧

像从小学会的那样

靠上金黄柔软的岸

靠上太阳留下的一丝温热

也许，再用竹叶点燃一堆篝火

划回去吧——可是，我们的生活

将划到哪里？我们的痛苦

将划到哪里？哪里

是辛酸回忆抛锚的港湾

哪里是这无数纯朴生命的归宿

劳动……为了什么劳动

生活……为了什么生活

大渡河——我日夜流浪着的辽阔世界啊

你无休无止向我诉说的难道就是这些么

你在沉默的岁月中为我祈愿的难道就是这些么

我的心被粗粝的风无情地摩擦着

为什么这个世界是如此冷酷和不平

大渡河，你宽阔的怀抱里有多少孤独沉默的人们

有多少悲哀的白骨在不安地掀动着浪花

我看到无数劳累过一生的手依然在漩涡中挥舞

破碎的头颅中鱼儿像苦闷的歌声一样飘浮

我的兄弟们呵，你们被毁灭了，毁灭在

无声无息的夜里，不知不觉的夜里

像一条条乌篷船在洪峰下倾覆那样无力

你们被毁灭了，毁灭在

这个以带来春天的人们常常寒冷地死去的世界

给向往幸福的灵魂缠满斑驳锈迹的世界

毁灭在朝被毁者结冰的歌颂中

大渡河——还记得那个时候吗？那个

我用弹痕累累的身躯运送你全部生命和希望的时候

那个目送你的背影，我一口吸干
伤处鲜血的时候——燃烧在
我心头的许诺，燃烧的
被我至今仍旧痛苦的命运变得真正炽热的火焰

我再也不能忍耐——谁说我们不懂得生命的美好
月光下的灌木丛是多么迷人
谁说我们不懂得爱那些远方闪耀着的窗子
情人含着眼泪的眼睛，谁不知道
怎样在幽暗的山谷里寻找梅花鹿奔跑的小径
怎样像野丁香一样打扮自己
让露珠似的蜜蜂落满芬芳的心
谁不知道怎样饲养洁白的鸽子，在那仿佛透明的
羽毛上系满歌声——假如这一切都是真的
那么，就连我们不喜欢的死亡的拥抱
也会唤起沉静的微笑和梦……
但是，我再也不能忍耐——被黑暗
深深窒息的太阳呵
我再也不能忍耐这痛苦的浪涛继续折磨我的兄弟
在无声无息的夜里
在习惯了黑暗后迷惘的瞳孔里，我不知道
那儿有向往中的野花、山谷和天空
当孩子们细嫩的肩头被纤绳勒出鲜血
那些赞美是从哪里来的
当闪闪烁烁的灯光被狂风扑灭
归途上颠簸的父母靠什么温暖自己的眼睛
是的！我不知道，我不知道无数原野
无数山峰怎能让几千年的阴影永恒笼罩
像一次又一次往返起落的桨——我的希望
一次次坠入这寒冷的、喧嚣的波浪
是的，我不知道，我不愿知道

黑暗后面所发生的一切

可从那里伸出的手，却在毁灭我身边无数

对于每个人都同样珍贵的生命呵

我的被可怕而罪恶的河流吞没的兄弟

把你们白骨嶙峋的手，皮肉脱落的手递给我吧

把你们插进泥沙的手，不甘腐烂的手递给我吧

把你们从未捧起过自由和尊严的手递给我吧

以那从未严峻过的目光照射这亚洲的夜吧

再也不能忍耐了——我知道

只有这一双双痛苦的手紧握在一起

才能连接到黑暗大陆的边缘

只有这一对对黯淡的眼睛都变成黑黝黝的太阳

我的蔚蓝的开花的季节才会到来

划回去吧！划回去吧

从大渡河，从嘉陵江，从岷江和长江

每一个起着黑色波涛和夜晚的地方划回去吧

划向岸边闪烁的油灯，孩子们手中的油灯

所有期待温暖的晶莹的心

在船头打浆的母亲们哟

在船头摇橹的父亲们哟

我的灵魂哟——在这忧郁的时辰

和深沉的风一同激荡吧

波涛是无边的，天空是遥远的

我们留给世界和孩子们的——难道

依然是这艰难的命运和瘦小的乌篷船吗

大雁塔

杨　炼

1.　位　置

孩子们来了
拉着年轻母亲的手
穿过灰色的庭院

孩子们来了
眼睛在小槐树的青色衬裙间
像被风吹落的
透明的雨滴
幽静地向我凝望

燕子喳喳地在我身边盘旋……

我被固定在这里
已经千年
在中国
古老的都城
我像一个人那样站立着
粗壮的肩膀，昂起的头颅
面对无边无际的金黄色土地
我被固定在这里
山峰似的一动不动
墓碑似的一动不动
记寻下民族的痛苦和生命

沉默
岩石坚硬的心
孤独地思考
黑洞洞的嘴唇张开着
朝太阳发出无声的叫喊
也许，我就应当这样
给孩子们
讲讲故事

2. 遥远的童话

我该怎样为无数明媚的记忆欢笑
金子的光辉、玉石的光辉、丝绸一样柔软的光辉
照耀我的诞生
勤劳的手、华贵的牡丹和窈窕的飞檐环绕着我
仪仗、匾额、荣华者的名字环绕着我
许许多多庙堂、辉煌的钟声在我耳畔长鸣
我的身影拂过原野和山峦、河流和春天
在祖先居住的穹庐旁，撒下
星星点点翡翠似的城市和村庄
火光一闪一闪抹红了我的脸，铁犁和瓷器
发出清脆的声响，音乐、诗
在节日，织满天空

我该怎样为明媚的记忆欢笑
在那青春的日子，我曾俯瞰世界
紫色的葡萄，像夜晚，从西方飘来
垂落在喧闹的大街上，每滴汁液的一颗星
嵌进铜镜，辉映一下我的面容
我的心像黎明时开放的大地和海洋

驼铃、壁画似的帆从我身边出发
到遥远的地方，叩响金币似的太阳

在我诞生时候
我欢笑、甚至
朝那些炫耀着釉彩的宫殿、血红色的
墙，那些一个世纪、又一世纪枕在香案上
享受着甜蜜梦境的人们
灼热而赤诚地歌唱
却没有想到
为什么珍珠和汗水都向一个地方流去
——向一座座饱满而空旷的陵墓流去
为什么在颤抖的黄昏
那个农家姑娘徘徊在河岸
阴澈的瞳孔里却溢出这么多忧郁和悲哀呵……

终于，硝烟和火从封闭的庄院里燃起
从北方，那苍茫无边的群山与平原之间
响起了马蹄，厮杀和哭号
纷乱的旗帜在我周围变幻、像云朵
像一片片在逃难中破碎的衣裳
我看到黄河急急忙忙地奔走
被月光铺成一道银白色的挽联
哀悼着历史，哀悼着沉默
而我所熟悉的街道、人群、喧闹哪儿去了呢
我所思念的七叶树、新鲜的青草
和桥下潺潺的溪水哪儿去了呢
只有卖花老汉流出的血凝固在我的灵魂里
只有烧焦的房屋、瓦砾堆、废墟
在弥漫的风沙中渐渐沉没
变成梦、变成荒原

3. 痛 苦

漫长的岁月里
我像一个人那样站立着
像成千上万被鞭子驱使的农民中的一个
畜牧似的，被牵到这北方来的士卒中的一个
寒冷的风撕裂了我的皮肤
夜晚窒息着我的呼吸
我被迫站在这里
守卫天空、守卫大地
守卫着自己被践踏、被凌辱的命运

在我遥远的家乡
那一小片田园荒芜了，年轻的妻子
倚在倾斜的竹篱旁
那样地黯淡、那样的凋残
一群群蜘蛛在她绝望的目光中结网
旷野、道路
伸向使人伤心的冬天
和泪水像雨一样飞落的夏天
伸向我的母亲深深抠进泥土的手指
绿荧荧的，比飘游的磷火更阴森的豺狼的眼睛

我的动作被剥夺了
我的声音被剥夺了
浓重的乌云，从天空落下
写满一道道不容反抗的旨意
写满代替思考的许诺、空空洞洞的
希望，当死亡走过时，捐税般
勒索着明天

我的命运呵、你哭泣吧！你流血吧
我像一个人那样站立着
却不能像一个人那样生活
连影子都不属于自己

4. 民族的悲剧

奔跑呵、奔跑呵、奔跑呵、奔跑呵、
浑身战栗的土地，赤裸臂膀的土地
激荡起锄头、刀剑、阳光
像密林里冲出的野兽
像荒原上喷吐的烈火
一排又一排不肯屈服的山脉、雄壮地
朝天空显示紫色的胸膛
在头颅砍去的地方，江河
更加疯涌地汹狂

呼喊呵、呼喊呵，呼喊呵，呼喊呵
涂满鲜血的战鼓、涨饱力量的战鼓
用风暴和海洋的节奏
摇撼一座座石墙和古堡
五颜六色的旗帜在埃里招展
草原、湖泊上升起千千万万颗星辰
像无数战死者没有合上的眼睛
那威武而晶莹的灵魂呵
看着胜利、看着秋天
看着满山遍野金黄色的野菊花

我是这队伍中一名英勇的战士
我的身躯、铭刻着
千百年的苦难、不屈和尊严

哪怕厚重的城门紧咬着生锈的牙齿
哪怕道路上布满荆棘和深渊
我的脚步踏过天——云梯
从腐烂的城垛上
警起我的红缨和早晨

无边无际的向我展开的世界呵
无穷无尽的向我沸腾的人君呵
那么多笑容——男人的、女人的
兄弟们的、伙伴们的、像我的父亲一样
在垄沟的皱纹间抖动的
像我的妻子一样在丝线似的睫毛下闪耀的
甚至在我的仇敌脸上挤出的
笑容呵，和醉人的美酒一同斟满
和祭坛上庄严的烟缕、钟声
一同融进另一片黄昏

一次又一次，我留在这里
望着复归沉寂的苍老的大地
望着我的低垂的手掌，被犁杖、刀柄
磨得粗硬的黄土高原和华北平原
我的肩头：秦岭和太行山
望着吱吱作响的独轮车、扁担
怎样在我心上压出一道道伤口，迷茫的
情歌飘荡着，乌云似的
遮住我的眼睛，而我的兄弟们呵
骑在水牛背上，依旧那样悠然自得
仿佛什么事情也不曾发生过
我留在这里，悲愤地望着这一切
我说心在汩汩地淌血

一次又一次，已经千年

在中国，古老的都城

黑夜围绕着我，泥泞围绕着我

我被判卖，我被欺骗

我被夸耀和隔绝着

与民族的灾难一起，与贫穷、麻木一起

固定在这里

陷入沉思

5. 思想者

我常常凝神倾听远方传来的声音

闪闪烁烁、枯叶、白雪

在悠长的梦境中飘落

我常常向雨后游来的彩虹

寻找长城的影子、骄傲和慰藉

但咆哮的风却告诉我更多崩塌的故事

——碎裂的泥沙、石块、淤塞了

运河，我的血管不再跳动

我的喉咙不再歌唱

我被自己所铸造的牢笼禁锢着

几千年的历史，沉重地压在肩上

沉重得像一块铅，我的灵魂

在有毒的寂寞中枯萎

灰色的庭院呵

寥落、空旷

燕子们栖息、飞翔的地方……

我感到羞愧

面对这无边无际的金黄色土地

面对每天亲吻我的太阳

手指般的，雕刻出美丽山川的光
面对一年一度在春风里开始飘动的
柳丝和头发，项链似的
树枝上在熟的果实
我感到羞愧

祖先从埋葬他们尸骨的草丛中
忧郁地注视着我
成队的面孔，那曾经用鲜血
赋予我光辉的人们注视着我
甚至当孩子们来到我面前
当花朵般柔软的小手信任地抚摸
眸子纯净得像四月的湖
我感到羞愧

我的心被大洋彼岸的浪花激动着
被翅膀、闪电和手中升起的星群激动着
可我却不能飞上天空、像自由的鸟
和昔日从沙漠中走来的人们
驾驶过独木舟的人们
欢聚到一起
我的心在郁闷中焦急地战栗

就让这渴望、折磨和梦想变成力量吧
像积聚着激流的冰层，在太阳下
投射出奔放的热情
我像一个人那样站在这里，一个
经历过无数痛苦、死亡而依然倔强挺立的人
粗壮的肩膀、昂起的头颅
就让我最终把这铸造噩梦的牢笼摧毁吧
把历史的阴影，战斗者的姿态

像夜晚和黎明那样连接在一起
像一分钟一分钟增长的树木、绿荫、森林
我的青春将这样重新发芽
我的兄弟们呵，让代表死亡的沉默永久消失吧
像覆盖大地的雪——我的歌声
将和排成"人"字的大雁并肩飞回
和所有的人一起，走向光明

我将托起孩子们
高高地、高高地、在太阳上欢笑……

谣 曲

方 含

我从天空慢慢地下降
梦轻盈地落在我的心上

姑娘，如果你去山里
请找到我的马儿
它是被光偷去的
我的影子
你紧紧系住它
用小溪的绿丝带
然后骑上它
像一阵风
跑回
这夜的暗绿的城市

我的一滴滴红色的眼泪
洒在秋天憔悴的脸上

姑娘，如果你去海边
请找到我的船儿
它是被风带走的
我的声音
你高高挂起帆
用天的蓝绸子
然后驾着它
像一片云
飘回

这夜的黑红的海岛

我的马尾松疲长的影子
斜斜地躺在沙滩上

让我的影子驮着你
飞快地跑
翻过大山的驼背
钻进森林浓密的胡须里
在野花的窝里玩捉迷藏
从衰老的大松树上
捡起一个
压得弯弯的月亮

我的心灵火红的果子
被夏天遗忘在生命的树上

让我的声音，抛下锚
停泊在你的门前
我的眼睛在水里歌唱
是散落在海里的星星
我的嘴唇
是风，是浪花
轻轻地吻着
我的手臂和肩膀

我的天空慢慢地下降
梦轻盈地落在我的心上

梦

严 力

让梦和梦相爱
我们睡觉
睡到被梦和梦的婚礼吵醒
我们不吵
因为语言早就在公元前
列入了凶器的行列
所以
去看唇膏的广告

梦也曾是私奔的男女
留下衣架上的衣服一如我们
布在冬天的鼓舞中
也学会了生长
那就让布和布相爱吧
我们裸露着睡觉

梦也曾是蚊子
把我们叮醒之后就撒手不管了
连房子也浑身发痒
那就让消防队员来喷洒止痒水
但这是理想
其实我们每一次被梦叮醒
都发现
没地方可挠

星期六的阳光明媚

严 力

星期六的阳光明媚
我们住在下午的露天咖啡里
我们谈到死亡谈到旅游
谈到自杀者
谈到从这个世界到另一个世界
谈到自杀者到另一个世界以后
再自杀一次就回到了这个世界

中国，我的钥匙丢了

梁小斌

中国，我的钥匙丢了。

那是十多年前，
我沿着红色大街疯狂地奔跑，
我跑到了郊外的荒野上欢叫，
后来，
我的钥匙丢了。

心灵，苦难的心灵
不愿再流浪了，
我想回家
打开抽屉、翻一翻我儿童时代的画片，
还看一看那夹在书页里的
翠绿的三叶草。

而且，
我还想打开书橱，
取出一本《海涅歌谣》，
我要去约会，
我要向她举起这本书，
作为我向蓝天发出的
爱情的信号。

这一切，
这美好的一切都无法办到，
中国，我的钥匙丢了。

天，又开始下雨，
我的钥匙啊，
你躺在哪里？

我想风雨腐蚀了你，
你已经锈迹斑斑了；
不，我不那样认为，
我要顽强地寻找，
希望能把你重新找到。

太阳啊，
你看见了我的钥匙了吗？
愿你的光芒
为它热烈地照耀。

我在这广大的田野上行走，
我沿着心灵的足迹寻找，
那一切丢失了的，
我都在认真思考。

雪白的墙

梁小斌

妈妈，
我看见了雪白的墙。

早晨，
我上街去买蜡笔，
看见一位工人
费了很大的力气，
在为长长的围墙粉刷。

他回头向我微笑，
他叫我
去告诉所有的小朋友：
以后不要在这墙上乱画。

妈妈，
我看见了雪白的墙。
这上面曾经那么肮脏，
写有很多粗暴的字。
妈妈，你也哭过，
就为那些辱骂的缘故，
爸爸不在了，
永远地不在了。

比我喝的牛奶还要洁白，
还要洁白的墙，
一直闪现在我的梦中，

它还站在地平线上，
在白天里闪烁着迷人的光芒，
我爱洁白的墙。

永远地不会在这墙上乱画，
不会的，
像妈妈一样温和的晴空啊，
你听到了吗？

妈妈，
我看见了雪白的墙。

现代性——和我自己

张学梦

她是我的艳遇　一个华美的期许
她到来　把我的东方变成筑巢的工地
她摊开我魂牵梦绕的蓝图
却不动手　帮我拆迁垒砌

她是我的神往　但不接受我的皈依
她的眼神烁动着　怜悯和揶揄
"你的蜕变不彻底"
她发现我抱着传统的尾鳍

她是我的信仰　但不为我施洗
她对我的虔诚半信半疑
我承认　我已足够芜杂和尖刻
我案头　纷然杂陈着吊诡思维的工具

她是我的彼岸　却不是我的水手
她站在对岸　闪着胴体　挥动手臂
淡然瞅着我　泅渡搏击
她知道　我若即若离　同时逢迎引力和斥力

她是我的路径　但不承诺抵达
她知道　我是永远的胚芽和毛坯
在向现代性朝圣的队伍中
我与前导者并肩　也与殿后者同步同舆

她是我的启明和北斗　一个斑斓的希冀

最美好的那种可能性　经由理性主义的孕育
她是我七弦琴上　一根白炽的琴弦
我是她艰难叙事的晨歌小夜曲

一棵树在雨中跑动

叶延滨

一棵树在雨中跑动
一排树木在雨中跑动
一座大森林在雨中跑动
风说，等等我，风扯住树梢
而云团扯住了风的衣角
一团团云朵拥挤如上班的公交车
不停踩刹车发出一道道闪电
为什么，为什么，为什么？
哭泣的雨水找不到骚乱的原因
雷声低沉的回答：我知道是谁
当雷声沉重地滚动过大地
它发现它错了
所有的树都立正如士兵
谁也不相信有过这样的事情
—— 一棵树在雨中跑动……

答（三首）

高伐林

我的书简呀，愿你成为在两代人心灵间搭桥的喜鹊！

给我的老首长

我们在马背上憧憬，战壕里期待，
难道——是你们这样的未来?!
　　　　　　——摘自一位老局长的来信

可惜！十年寒潮把我的心冻成铁硬的冰块，
面对质问，既不珠泪盈眶，也不热血澎湃。
且让我不客气，把问号掉个头钩住您的心怀：
"我们钦慕的，难道——是某些人这样的现在?!"

回忆录里的功勋哪有眼前的形象实在?
——心与群众隔深墙，忙为子女巧安排……
当年生龙活虎的镜头，叠化成这龙钟老态!
我疑惑：他们当年如何豪气冲天夺关隘……

您会改口：青年有优有劣，老人有好有坏。
是啊，双方急需各自验一验血，把一把脉!
请搁下铅一般沉的叹息，麻一般乱的感慨——
你们的未来毕竟是我们：长癣长疮，并未长癌!

给我的师傅

五十年代我们念叨着青藏、鞍山，

八十年代你们念叨着三洋、牡丹……

——摘自一位老工人的来信

我承认，当没有丝毫营养的流行曲挤进窗帘，
我也不禁绽一丝苦笑，不禁打一个冷战。
天哪，五千年的文明呢？龙种怎么退化成虫卵？
这一代呀，不幸在生活的海洋中搁浅！

一枚像章，一只袖标。历史的配给多么可怜！
就凭这样的装备"学游泳"，扎进疯狂的涡旋！
听厌了时髦的理论，可怜地蜷缩进时髦的衣衫；
喊嘶了玄妙的口号，空虚地吞吐着玄妙的烟圈。

像糊满污泥的禾苗要水，我们要真善美之泉！
冲洗全身每个毛孔，首先是遭受创伤的心田。
啊，这里面有火，有诗，有春光——您会发现！
请拭净这蒙垢的璞石吧，别盯住外表的瓦泥斑……

给您和我们大家

别老把东京银座、纽约百老汇挂在嘴边，
难道，外国的月亮会比中国的圆？

——摘自一位老海员的来信

至理名言：外国的月亮绝不比中国的圆。
月亮一样圆，一边大厦幢幢，一边风帆翩翩！
有人滴涎，那是混蛋！有人空叹，那是懒汉！
而即使混蛋与懒汉，又是出自什么样的摇篮？

社会主义没有苍蝇……没有乞丐……没有污染……
资本主义没有阳光……没有鲜花……没有笑脸……

天方夜谭！——多么严实又多么薄弱的摇篮！
一旦被蹬破，那么多眼睛贪婪地往外看……

在八面来风里，怎样恢复中华民族的自豪感？
在四方激浪中，如何坚持社会主义好的信念？
多棘手的课题！该给青年什么样圆满的答案？
我们都该想呀，它千倍地重于议论月亮圆不圆！

既　然

徐敬亚

既然
前，不见岸
后，也远离了岸
既然
脚下踏着波澜
又注定终生恋着波澜
既然
能托起安眠的礁石
已沉入海底
既然
与彼岸尚远
隔一海苍天
那么，便把一生交给海吧
交给前方没有标出的航线！

一　代

徐敬亚

第一粒雪就掩埋了冬天
皮鞋疯了
无法找到你！
还没有来得及指点
手臂就消失了
我是慈善如火的人
我是无法预测的人
在我放声大笑前
被突然雕塑
奔向何方

春天，连铜都绿啦
树走进血管
让头发做我巨大的睫毛吧

以前额注视死亡
从火里走向水
多么令人诱惑呀
还没有来得及死
就诞生了
影子回到我的身体里来吧
太阳升起时
白纸上的字迹也无影无踪
我心柔似女
风，一阵哭一阵笑
大丈夫，多么富有魅力

第一朵花就掩埋了春天
苦难挽留我!
唯有你能够把我支撑
就在这里
钉下一颗钉子
我是无法再生无法死去的男人

我爱看香烟排列的形状

王小妮

坐在你我的朋友中
我们神聊
并且一盒一盒地拆开香烟。
我爱看香烟排列的形状
还总想
由我亲手拆散它们

男人们迟疑的时候
我那么轻盈
天空和大地
搀扶着摇荡
在烟蒂里深垂下头
只有他们的头，才能触到
紫红色汹涌的地心。

男人们沉重的时刻
我站起来
太阳说它看见了别的光
用手温暖
比甲壳虫更小的甲壳虫
娓娓走动
看见烟雾下浮动着许许多多孩子

我讨厌脆弱
可是泪水有时候变成红沙子
特别在我黯淡的日子

我要纵容和娇惯男人

这世界能有我活着
该多么幸运
伸出柔弱的手
我深爱并托住
那沉重不支的痛苦

半个我正在疼痛

王小妮

有一只漂亮的小虫
情愿蛀我的牙。

世界
它的右侧骤然动人。
身体原来
只是一栋烂房子。

半个我里蹦跳出黑火。
半个我装满了药水声。

你伸出双手
一只抓到我
另一只抓到不透明的空气。
疼痛也是生命。
我们永远按不住它。

坐着再站着
让风这边那边都吹。
疼痛闪烁
才发现这世界并不平凡。
我们不健康
但是还想走来走去。

用不疼的半边
迷恋你。

用左手替你推着门。
世界的右部
灿烂明亮。
疼痛的长发
飘散成丛林。
那也是我
那是另外一个好女人。

黄　昏

吕贵品

雨夜的回忆

下乡的第二年（1975），我在县里开完知青
会议之后……

那个雨夜
我唱着歌
走在一条泥泞的路上

我追赶 我的村庄
我曾仰慕的那朵云
落下来
湿透了我的衣裳

我的嘴唇
红……紫……
颤抖了
我的整个身子颤抖了
凉。

泥泞的路
走向遥远的地平线
去寻找被云遮住的星光

路上

我身后的一串脚窝
盛着我洒下的一滴一滴的力量
我疲倦

我饿
脚窝断了
我倒在那个雨夜电的
一条泥泞的路上
……

我唱的歌丢了

我用我颤抖的手
默默地摸索着颤抖的大地
仍然追赶着
我的村庄

前方——黑影绰绰
那是吗?
那是
是我亲手抹过泥的草房
——草房上落着鸟粪
灯下坐着我的干娘

我
在那黄色的泥浆里
在那能够养育种子的泥浆里
爬着
爬向那香喷喷的灯光
我追赶,我的村庄

呵，那个雨夜
丢了我的歌的雨夜
湿了我的记忆的雨夜
我的村庄
和我走在同一条泥泞的路上

黄昏·路上

太阳，这金色的气球
飘落了……
微笑着走来又一个黄昏

（我在还没有清扫的路上）

——糖纸像个孩子
在风里奔跑着
扑上我的衣襟

我的童年除了这张糖纸
还有什么呢？
在我衣襟后面
跳动着我的一颗老成的心

（我在飘浮着灯光的路上）

——还有一些人
和我同样走着
因为天黑了
互相都很留神

我走得很快

——明天是个更繁重的日子

路面上我的影子
像扑向明天的云

（我用我年轻人的速度走着）

我到家了
窗口，那缠着妈妈思绪的灯光
照着我
我轻轻敲着门

路上行人少了
我的身后——
洒满灯光的路上
飘着足音的路上
只有
风
老人

呵！城市

吕贵品

晚风……

晚风哼着一支歌走在街上

街，疲乏了
静静地躺在城市的怀里
路灯，流淌着
像啤酒一样颜色的光

啤酒
装在透明的高脚杯里
翻腾着无数个白色的气泡
气泡裹着无数个话题
破了
在这饭桌上流淌

"……关于国家
关于昨天、今天
关于酒的浓度和质量……

晚风，是在一个个窗口
一个个院庭
听到这些天天都有人絮叨
而一天比一天新鲜的话题
于是

它把这些话题谱上曲子
轻轻地唱……

晚风哼着一支歌走在街上

它离开了居民区
走进夜宵商店
走进电报大楼
走进科研所和工厂

然后，它把它的歌
放在了那些地方

那些地方闪着忙碌的身影呵
为了明天
劳累了一天的城市
没有脱下工装

晾衣绳

一条长长的晾衣绳
沾满了阳光

从一棵树连到另一棵树上

我拿着一本《中国历史》
走向我的学校
路竟这样长

我用了整整十年的时间
走过长长的

风也在奔走的街道
灰尘也在戏嬉的小巷
来到这晾衣绳下
发现我的衣服脏了

真脏！

每一丝布纹
都浸透了恶酸的潮湿的
记忆和墨污的悲伤

我渴望洗一洗
很渴望呵
我是年轻人
需要美、整洁和干爽

现在，有条件了
清亮亮的水在哗哗地流淌
一条长长的晾衣绳
沾满了阳光

当我又在奔走的时候
沿着新修整的长长的街道，小巷
我看到
太阳底下
恬静地笑着各种颜色
各种样式的服装

林　中

傅天琳

林中
她情不自禁打开全身呼吸
任一种液状的光灌进去

热热的，小虫虫爬过痒痒的
回肠荡气的感觉
从头顶直到足心

真好
一滴汗，一滴善，一滴纯
毕生不能没有的一滴之轻

她如此沉浸于自己的忏悔
她在外面世界转了多久
全身裹满多少灰尘

小火焰

傅天琳

一群盘旋于天堂和圣光中的鸟
一群雪莲，一群下凡的星子
一群鱼，在荒漠无边的朔风中游动
一群马，抖擞血红的太阳的鬃
一群跳动的幽蓝幽蓝的小火焰
突然出现在奥依塔克
出现在今夜，在夜的篝火
夜的中央

顿时
我目光沦陷，再也无法收复
我双耳失聪，世界寂静无声
顿时音乐忘记音乐
舞蹈忘记舞蹈，诗忘记诗
倘若此刻战斗打响
顿时哑了所有枪筒
折了所有箭戟，战争
忘记战争

盘旋于天堂和圣光中的
柯尔克孜小少女啊！跳动的
幽蓝幽蓝的柯尔克孜小火焰啊
我唯一不能忘记的
是你的美丽

玛格丽和我的旅行

多　多

A

像对太阳答应过的那样
疯狂起来吧，玛格丽：

我将为你洗劫
一千个巴黎最阔气的首饰店
电汇给你十万个
加勒比海岸湿漉漉的吻
只要你烤一客英国点心
炸两片西班牙牛排
再到你爸爸书房里
为我偷一点点土耳其烟草
然后，我们，就躲开
吵吵嚷嚷的婚礼
一起，到黑海去
到夏威夷去，到伟大的尼斯去
和我，你这幽默的
不忠实的情人
一起，到海边去
到裸体的海边去
到属于诗人的咖啡色的海边去
在那里徘徊、接吻、留下
草帽、烟斗和随意的思考……

肯吗，你，我的玛格丽

和我一起，到一个热情的国度去

到一个可可树下的热带城市

一个停泊着金色商船的港湾

你会看到成群的猴子

站在遮阳伞下酗酒

坠着银耳环的水手

在夕光中眨动他们的长睫毛

你会被贪心的商人围住

得到他们的赞美

还会得到长满粉刺的橘子

呵，玛格丽，你没看那水中

正有无数黑女人

在像鳗鱼一样地游动呢！

跟我走吧

玛格丽，让我们

走向阿拉伯美妙的第一千零一夜

走向波斯湾色调斑斓的傍晚

粉红皮肤的异国老人

在用浓郁的葡萄酒饲饮孔雀

皮肤油亮的戏蛇人

在加尔各答蛇林吹奏木管

我们会寻找到印度的月亮宝石

会走进一座宫殿

一座金碧辉煌的宫殿

驼在象背上，神话般移动向前……

B

呵，高贵的玛格丽

无知的玛格丽
和我一起，到中国的乡下去
到和平的贫寒的乡下去

去看看那些
诚实的古老的人民
那些麻木的不幸的农民
农民，亲爱的
你知道农民吗
那些在太阳和命运照耀下
苦难的儿子们
在他们黑色的迷信的小屋里
慷慨地活过许多年

去那里看看吧
忧郁的玛格丽
诗人玛格丽
我愿你永远记得
那幅痛苦的画面
那块无辜的土地：

麻脸的妻子在祭设感恩节
为孩子洗澡，烤热烘烘的圣糕
默默地举行过乡下的仪式
就开始了劳动人民
悲惨的圣洁的晚餐……

致太阳

多 多

给我们家庭，给我们格言
你让所有的孩子骑上父亲肩膀
给我们光明，给我们羞愧
你让狗跟在诗人后面流浪
给我们时间，让我们劳动
你在黑夜中长睡，枕着我们的希望
给我们洗礼，让我们信仰
我们在你的祝福下，出生然后死亡
查看和平的梦境、笑脸
你是上帝的大臣
没收人间的贪婪、嫉妒
你是灵魂的君王
热爱名誉，你鼓励我们勇敢
抚摸每个人的头，你尊重平凡
你创造，从东方升起
你不自由，像一枚四海通用的钱！

不　满

骆耕野

"从任何一项成功。
都产生出某种东西，
使更伟大的斗争成为必要。"
——惠特曼《大路之歌》

像鲜花憧憬着甘美的果实，
像煤核怀抱着燃烧的意愿；
我心中孕育着一个"可怕"的思想。
对现状我要大声地喊叫出：
——"我不满!"

谁说不满就是异端?
谁说不满就是背叛?
是涌浪，怎能容忍山涧的狭窄，
是雏鹰，岂肯安于卵壁的黑暗。

不满：激扬着对海洋的神往哟!
不满：苏生着对蓝天的渴念!
生命的创造多么痛楚而伟大哟，
请赐给母亲以满足的甘甜：
"不! 还是祝福孩子尽快成长吧。"
婴儿问世已叩响了母亲不满的心弦。

呵，谁能说不满就是不爱?
呵，谁敢说不满就是抱怨?

哥伦布不满铅印的海图，

才发现了大洋的彼岸；
哥白尼不满神圣的《圣经》，
刻卜勒①才揭开了宇宙的奇观；
不满"日心说"才去发展真理；
亚里士多德不满柏拉图才能"青出于蓝"。

呵，谁说不满是背弃拔类出萃的先人？
呵，谁说不满是亵渎德高望重的圣贤？

不满：茹毛饮血的人猿才去寻觅火种，
不满：胖手胼足的祖先才去摸索种田；
不满：雄丽的赵州桥才取代了简陋的木桥，
不满："精巧"的石斧才让位于青铜的冶炼；
不满：才产生了妙手回春的华佗，
不满：才造就了巧夺天工的鲁班。

呵，不满正是对变革的希冀，
呵，不满乃是那创造的发端。

我是电流，我不满江河的浪费，
你白白流逝的，乃是我生存的乳泉；
我是高炉，我不满地球的吝啬，
你深深藏匿的，正是我生命的火焰；
我是庄稼，我害怕自然"保姆"的任性，
变幻莫测的风雨使我忐忑不安；
我是市场，我向往琳琅满目的富有，
陈列单调的橱窗叫我满面羞惭；
我是年迈的城镇，我的服饰多么古旧，
请为我披上高速公路的飘带，
请为我戴上摩天大厦的皇冠；

---

① 刻卜勒：指开普勒。——编者注

我是拘谨的生活，陈腐的习俗多么恼人，
请不要过多地责难服装和跳舞，
请不要过多地干涉青年的爱恋；
我是低产的田地，我不满蹒跚的耕牛哟；
我是发紫的肩头，我不满拉船的绳纤；
我不满步枪，不满水车，不满帆船，
我不满泥泞，不满噪音，不满污染。

不满像舰队告别港湾的头一阵笛鸣哟，
不满像雄鸡向往黎明的第一声啼唤。

我是规划，锁在保险柜里多么窒闷，
我要走下蓝图，我要和新兴的工地团圆；
我是革新，躺在功劳簿上多么可耻，
我要摸索新路，我要攀登记录的峰巅；
我是政策，我不满踌躇的"伯乐"，
为什么不立刻启用朝野的遗贤?!
我是创造，我不满夜郎自大，
快为我打开与世隔绝的门闩；
我抗议马拉松会议，以时间的名义，
你随意糟践的，乃是我生命的内涵；
我控诉宗教式的软禁，以真理的呼喊，
我是花，我要生长，要献蜜，
我要求助于实践园丁殷勤的刀剪。
啊，不满像胎儿在母腹里的阵阵躁动哟，
不满像母性的痛楚而伟大的分娩!

我不满官僚主义，
轻浮地荡尽了先烈的遗产；
我不满文化水平，
至今还托不起四化的航船；

我不满软弱的法制，
英雄碑前有民主的泪浸血染；
我不满大话和空想，
睡在海市蜃楼上描绘缥缈的明天；
我不满抱怨和牢骚，
躲在时代的堤岸上指责涌进的波澜……

呵，不满就是一个绝妙的议事日程，
不满就是一部崭新的行动提案；
不满已催生出伟大的战略转移哟！
不满已催挂起新长征的战斗风帆！

噢，河床在不满中伸直了脊梁，
石油在不满中涌出了海面；
科学在不满中冲破了禁区，
指标在不满中跨上了火箭；
思想在不满中睁开了慧眼，
真理在不满中延伸了路线；
贫穷在不满中紧追着富强哟，
现状在不满中疾速地登攀！

啊，不满像两个矛盾间过渡的桥梁哟，
不满像一粒细胞中产生的裂变；
不满便有所发明，有所创造，有所前进哟，
不满将通向繁荣、通向幸福、通向完善！

像鲜花憧憬着甘美的果实，
像煤核怀抱着燃烧的意愿；
我心中溢满了深挚的爱哟，
对现状我要大声地叫喊出：
——"我不满！"

诗

王家新

在长久的冬日之后
我又看到长安街上美妙的黄昏
孩子们涌向广场
一瞬间满城飞花

一切来自泥土
在洞悉了万物的生死之后
我再一次启程
向着闪耀着残雪的道路

阴暗的日子并没有过去
在春天到来的一瞬，我宽恕一切
当热泪和着雪水一起迸溅
我唯有亲吻泥土

那是多么明媚的泥土
曾点燃一个个严酷的冬天
行人们匆匆穿过街口
在路边梦着辽阔的化雪

只需要一个词
树木就绿了
只需要一声召唤，大地之上
就会腾起美妙的光芒

为了这一瞬

让我上路
让我独自穿过千万重晦暝的山水
让我历经人间的告别、重逢

命运高悬
在这一瞬后就是展开的时间
在这一瞬后就是泪水迸流
当内心的一切往上涌

让我忍住
忍住飞雪和黑色泥泞的扑打
忍住更长久难耐的孤独
甚至忍受住死——当它要你解脱

多么伟大的神的意志
我唯有顺从
只需要一阵光,雪就化了
只需要再赶一程,远方的远方就会裸露

只需要一声召唤
我就看到——
一个日夜兼程朝向家园的人
正没于冬日最后一道光芒之中……

在山的那边

王家新

小时候，我常伏在窗口痴想——
山那边是什么呢？
妈妈给我说过：海
哦，山那边是海吗？
于是，怀着一种隐秘的想望
有一天我终于爬上了那个山顶
可是，我却几乎是哭着回来了——
在山的那边，依然是山
山那边的山啊，铁青着脸
给我的幻想打了一个零分！
妈妈，那个海呢？

在山的那边，是海！
是用信念凝成的海
今天啊，我竟没想到
一颗从小飘来的种子
却在我的心中扎下了深根
是的，我曾一次又一次地失望过
当我爬上那一座座诱惑着我的山顶
但我又一次次鼓起信心向前走去
因为我听到海依然在远方为我喧腾——
那雪白的海潮啊，夜夜奔来
一次次浸湿了我枯干的心灵……
在山的那边，是海吗？
是的！
人们啊，请相信——

在不停地翻过无数座山后
在一次次地战胜失望之后
你终会攀上这样一座山顶
而在这座山的那边，就是海呀
是一个全新的世界
在一瞬间照亮你的眼睛……

不会翱翔的鹰

牧　野

在布满荆棘的悬崖上
我已经面壁了十年
以乌云为被
用晨雾洗脸

在每一个失眠的夜晚
我总是仰望着天空
祈祷明天的世界
能看到蓝天与白云

我从没怕过风暴与雷电
尽管它们曾经击伤过我的翅尖
我只是不愿与黑暗为伍
在雾霾中飞行

在盼望中
我逐渐忘记了自己是王者之鹰
在期待中
我也慢慢失去了翱翔的天性

我一直在等待
等待在涅槃重生之后
可以重回蓝天
傲视崇山峻岭

白洋淀

根　子

1

我伤得不轻
桅杆被雷砍断
我像帆一样
瘫倒在炽亮的阳光的沙岸
我从汹涌的海上来
却干枯得发脆
我全部的水分——
脑浆，胆汁，骨液
一律充当了血，留在海上
流得一点儿不剩了。我估计
每一道海浪的顶上，都应当
漂着两三朵红罂粟吧
没有
海的大笑
我当初跌倒时，心脏
从胸上的伤口里被摔出
湿漉漉地
滚在我头旁，现在
也皱皱巴巴，裹满了沙粒
海藻是不是这样腐烂的
鹅卵石是不是这样形成的

命运大致如此

但是死或不死
仍由我自己主宰
怎么可以
马马虎虎就被埋了
船完全被撞破之后
也就不会沉没了，它的
每块零散的木板
将永远漂浮在海上

我伤成这样
我的眼睛看到过的一切
都是杀我的凶手
我诅咒过
所有有鼻子的脸
所有不结苹果的马尾松

现在，我是仰躺着
除了洁白的天空
什么也看不见
让杀人犯们远逃吧
只是这淡薄的云——
这高高的抖瑟的风筝
它的细长的系绳
是不是仍然拴在
太阳铁青的手脖上

我还犹豫什么
我还留恋什么
死的使者——
海浪不倦地牵动我的手臂
没有红罂粟

我何至于向高高的礁石翻浪

不捡拾遗失的心

不索讨奉送的肝胆

我是一具睁着眼睛的尸体吗

我慢慢地闭上眼睛

我走进一片无边的橘红色的雾中

万一我知道我活不成了

应当告别什么

阳光灿烂——

大海蔚蓝，沙岸金黄

我急忙闭上眼睛

连我自己

都不怜悯我自己

我受骗

是因为我爱好出卖

我大睁着眼活着

才被太阳的剑砍在世界上

迸起的火星

灼成瞎子

我如果不闭起眼睛，恐怕

连什么也看不见了

连橘红色的雾也看不见了

缅想——

垂死者的回忆

充血的顾盼

岩浆层中的欢呼

橘红色的海底

我能认出

哪个方向

有闪烁着的白珊瑚

伤口大张着，却像一只
暴怒的眼睛，直勾勾
眨也不眨
搜寻着凶手，要求惩罚
"复仇！迎着匕首，死去吧！"
伤口嘶哑地咳嗽
却呕吐不出什么
荒凉，空荡的石窟
还有
回声与橘红色的雾

2

我到处是创伤
像一片龟裂的土地

我小的时候，黄昏
躺在湖中的小船上
浪拍打着小船入睡
公园里打鼾声
风像肉感的吻
吹得我很不好意思
我一松手
木桨垂入水中
打碎了湖上最后一条晚霞
于是，除了星星
我什么也看不见了
到了暮色最浓的时候
湖四周的灯光，突然

一起闪光。那时候我还小
没搞懂，为什么
这样一个巨大的亮晶的
花环，会猛地戴上
我的船头，我的肩颈
滴着水珠

龟裂的土地……

我小的时候，夏天
游泳池发出柠檬水的芳香
遮阳伞白得耀眼
蓝色的天是透明的
蓝色的游泳衣是不透明的
蓝色的天上浮过雪白的云
蓝色的游泳衣上
露出乳罩的雪白的背带
那时候我还小，没搞懂
天鹅为什么
非要藏起翅膀不可

土地在龟裂……

我小的时候，晚上在
剧场休息厅，朦胧瞌睡
脸枕着皮沙发的靠背
凉滋滋的像妈妈的手臂
"爸爸的绿台灯
挂得多高呵！"
我喃喃梦语
"熄灯吧，妈妈

接着讲
你昨天讲到
奥涅金叔叔……”
那时候我还小，没搞懂
爸爸为什么
那么晚还不关收音机

阳光
土地
无论作为致命的负伤人
还是邪恶的复仇家
我都应该接受
死的审判
我本来不应该
在上帝面前耍赖
可是我怎么甘心
永别这几个生活的奇迹

我非常不情愿诀别
秋天树上的最后两片
摇摆的铃铛一样
叮咚作响的树叶
不情愿诀别
路灯下的雨夜
像姑娘水汪汪的眸子一样
淌着雨水的玻璃窗子
不情愿诀别
有声的晚风中，烟头扔到
杨树干上，飞起的火的彗星
我非常不情愿诀别
橘红色的雾

让脚丫子烂掉好了
走到哪里，泥沼，冰河
头上的星空永远迷人

死是微不足道的
我并不怕这个，挖坑吧
但是有一个条件，作代价
就是
允许我永远不睁开眼睛
让我永远看得见
橘红色的雾
"这容易。"
海浪不倦地牵动我的手臂
我永远合上了伤口一样的
眼睛
伤口却像眼睛一样大睁着
疼痛

三月与末日

根　子

三月是末日。
这个时辰
世袭的大地的妖冶的嫁娘
——春天，裹卷着滚烫的粉色的灰沙
第无数次地狡黠而来，躲闪着
没有声响，我
看见过足足十九个一模一样的春天
一样血腥假笑，一样的
都在三月来临。这一次
是她第二十次把大地——我仅有的同胞
从我的脚下轻易地掳去，想要
让我第二十次领略失败和嫉妒
而且恫吓我："原则
你飞吧，像云那样。"
我是人，没有翅膀，却
使春天第一次失败了。因为
这大地的婚宴，这一年一度的灾难
肯定的，会酷似过去的十九次
伴随着春天这娼妓的经期，它
将会在，二月以后
将在三月到来

她竟真的这个时候出现了
躲闪着，没有声响
心是一座古老的礁石，十九个
凶狠的夏天的熏灼，这

没有融化，没有龟裂，没有移动
不过礁石上
稚嫩的苔草，细腻的沙砾也被
十九场沸腾的大雨冲刷，烫死
礁石阴沉地裸露着，不见了
枯黄的透明的光泽、今天
暗褐色的心，像一块加热又冷却过
十九次的钢，安详、沉重
永远不再闪烁

既然
大地是由于辽阔才这样薄弱，既然他
是因为苍老才如此放浪形骸
既然他毫不吝惜
每次私奔后的绞刑，既然
他从不奋力锻造一个，大地应有的
朴素壮丽的灵魂
既然他，没有智慧
没有骄傲
更没有一颗
庄严的心
那么，我的十九次的陪葬，也却已被
春天用大地的肋骨搭架成的篝火
烧成了升腾的烟
我用我的无羽的翅膀——冷漠
飞离即将欢呼的大地，没有
第一次没有拼死抓住大地——
这漂向火海的木船、没有
想要拉回它

春天的浪做着鬼脸和笑脸

把船往夏天推去，我砍断了
一直拴在船上的我的心——
那钢和铁的锚，心
冷静地沉没，第一次
没有像被晒干的蘑菇那样怨缩
第一次没有为失宠而肿胀出血，也没有
挤拥出辛酸的泡沫，血沉思着
如同冬天的海，威武的流动，稍微
有些疲乏。

作为大地的挚友，我曾经忠诚
我曾十九次地劝阻过他，他非常激动
"春天，温暖的三月——这意味着什么？"
我曾忠诚
"春天，这蛇毒的荡妇，她绚烂的褶裙下
哪一次，哪一次没有掩盖着夏天——
那残忍的姘夫，那携带大火的魔王？"
我曾忠诚
"春天，这冷酷的贩子，在把你偎依沉醉后
哪一次，哪一次没有放出那些绿色的强盗
放火将你烧成灰烬？"
我曾忠诚
"春天，这轻佻的叛徒，在你被夏日的燃烧
烤得垂死，哪一次，哪一次她用真诚的温存
扶救过你？她哪一次
在七月回到你身边？"
作为大地的挚友，我曾忠诚
我曾十九次地劝阻过她，非常激动
"春天，温暖的三月——这意味着什么？"
我蒙受牺牲的屈辱，但是
迟钝的人，是极认真的

锚链已经锈朽
心已经成熟，这不
第一次好像，第一次清醒的三月来到了
迟早，这样的春天，也要加到十九个，我还计划
乘以二，有机会的话，就乘以三
春天，将永远烤不熟我的心——
那石头的苹果。

今天，三月，第二十个
春天放肆的口哨，刚忽东忽西地响起
我的脚，就已经感到，大地又在
固执地蠕动，他的河湖的眼睛
又混浊迷离，流淌着感激的泪
也猴急地摇曳

我流过这片土地

林　莽

发源

我发源于一个梦中

一个古老的梦境

山在沉睡

梦是一条河流

清晰地流过往事

流过坚固的丛丛矗立的山峰一般的记忆

像我不知不觉地诞生

阳光，雪暖融融的，飘起云和雾气

积雪的山峰在闪烁

水冰冷地流

在山谷的回音里汇聚

当雷雨的季节

闪电切分开我舒缓的节奏

狂暴地泛起激情

山峦、峡谷，回荡着我的旋律

一年四季

天空明净地俯视着

丛林在我两岸粗犷地生长

度过冬天，走过夏日

在这石头也存在着生息与死亡的岁月

我把收获的秘密

刻在岩壁上

青苔覆盖了层层剥落的文字

像我绿蒙蒙的记忆

河道上的巨石

我凝结的愤怒

日子沉重地积聚

久久压在心头

使往日的回顾带着忧郁

唤起人们沉思的歌声

明静的哀愁伴着水流

在每一个渡口留下片刻的眺望

从此我才知道

为了炎热的土地

为了干燥的喉咙

从心房到心房

从紫丁香飘出香气的早晨

到黄昏，坠落红叶的季节

我穿过阳光与山峰浓郁的影子

走向生活

即使身边的土地在冻结

纷纷扬扬的大雪湮没了山峰

我把金色的水流依旧

献给早晨的太阳

献给充满阳光的天空

一组金色的旋律

在莽莽山峦中回响

有一个永恒的信念

像我的身躯在生活中流动

向着太阳升起的地方

把空气中弥漫的潮湿

风与阳光驱散的雾气

把水

带给干燥的土地，绿叶丛中

随风摇曳的果实

岁月

我将向岁月讲述些什么
讲述老人与孩子根本不相容的痛苦
讲述劳动和知识把人划分开的历史
讲述爱情在枯萎中一片片凋零
像秋天的愁容
讲述我的经历，我的记忆
我的为生存和死亡而唱起的歌
像轻轻地抚摸
我，流过这片土地
两岸栖息着热恋着我的人们
当火有意识地在我身边闪烁
翻开黑色的土壤
种子首先在心中萌发
不停地挖掘与创造
却积累了私欲，种下了仇恨
从此，驱除邪恶的神
在人们的汗水中，找到了位置
在砍伐、烧结、崩溃与铸造中
为自己建造了描金的宫殿
一座又一座庙宇
这似乎已经是一部历史
从香火到钟声
使人想起那些朝圣的香客
涉过水流，面带愁苦的人们
留下一部历史
一部总怀着希望与乞求的历史
一部短暂的历史
短暂地使人来不及思索
我是说每一代人的自我思索
愚昧堆积成困苦的山
压抑使伟人也不愿回顾
作为一条河流

我尊重收获中凝聚起来的辛劳
袅袅炊烟升起人们微弱的乞求
为了生存与希望
为什么不能寻求神圣的偶像
土地是生长牧草和庄稼的
荒芜绝不是人民的过错
在我筑造了千百次的堤岸上
也铸成了我和这个民族全部的感情
对着这些与我息息相关的岁月
我将讲述些什么
讲述早已失去了光泽的庙宇
黄昏，蝙蝠依旧织着网
讲述生活在我怀抱里的人们
承受着永无休止的磨难
母亲的哭泣使我无法安宁
不是没有美好的日子
阳光与河水嬉戏
岸上那些赤条条的孩子
晒得黝黑的逃学的孩子
在蝉声的喧噪里
仿佛听出了上课的铃声
春天爬上枝头
大雁向南飞去
庄稼沉甸甸地向我致敬
八月的月亮，金黄地升起
胜利的喜悦，大鼓发出震天的音响
比炮声更激昂
对于英雄的祭奠和感情
在时间的推移中消散
重又化为希望，在香烟缭绕中乞求
一个民族的性格为什么要这样酿造
愤怒使我的水流

在冬天也不能冻结

由于多少年代的乞求

而变得神圣的希望

在无数英雄淌下的血液中燃烧

有如寒夜中的一簇簇篝火

为了逝去的苦难

为了今天和未来永不停滞的追求

温暖在这块僵硬的土地上

正悄然升起

向往

我来自远方

带着山的嘱托

带着土地温厚的热情

流向海

那是一些早晨

人们从我身边走过

为了孩子一般的愿望

连同自己也不曾知晓的愿望

穿过红柳、大海与陆地写下的界限

在延伸着沙滩的地方

向着太阳

留下无穷无尽的足迹

海絮絮低语着

向人们讲述着一个古老的故事

寄托着无限深情

我悄悄地汇入海的怀抱

像个疲倦的孩子

在母亲的呼吸里沉睡

温柔地带走了我的想象

以及那许许多多的神话和传说

只留下摇荡的大海

只有潮汐，只有洋流

只有它永恒的情调

充满了我

感情被海水浸透

泪水也是咸的

在柔软的海波中

我沉醉了

让我属于海吧

我将作为无边的波浪

从一切海峡、河口

迎接来自四面八方的江河

以及由它们带来的

来自每一个民族的希望

一切从贫困、愚昧、狭隘与苦恼中

升起的希望

让我们身边的战争、苦难成为历史

成为泛着油墨味的文字

让我们属于海吧

让我们的喊声在波涛间激溅

在礁石上撞击

在海鸥与渔船的盘旋中传播

风暴般地卷过岛屿

陆地在漂摇

让我们属于海吧

属于地球蓝色的眼睛

让我们把激情的眼波注入未来

注入星空

注入对于未来也在希望着的

遥远的地方

星光在闪烁，空气在浮动

一条河在流淌

死 亡

田晓青

他们谈论你
像谈论一个已故的人

你就这样死了
在故事的复述中
在语言的十字架上
你一次又一次地死去

你就这样死了
手中紧攥着伤口
像攥着一个秘密

虚　构

田晓青

言辞模拟着岁月的变迁
历史，一个虚构的故事
在这个故事里
我被虚构

狭窄的地平线
标志出世界的边缘
太阳从那里沉落
留下重重黑暗
当它再度升起
却没有带来新的一天

空旷的世界
充满着回声、阴影、谣传

永远是黄昏
以至阳光都在腐烂
它变成磷火
变成为死者引路的灯盏
而血却是新鲜的
它谎骗着，发出腥气
似乎比生命更真实

深深的洞穴
我的轮廓被落日投射在石壁上
阴森地晃动

神秘而庄严
似乎比我更真实

于是我相信这一切
相信影子、血和死亡
我被虚构出来
似乎只是为了证明它们的实在
它们喧嚣着泛起
把我淹没

我发出抗议

但是我的声音背叛了我
我的姿势背叛了我
我被扭曲
被冻僵在冰冷的底座上
变成了苍白的回忆

也许，我不得不死
为了结束虚构
为了在真实的阳光中醒来
重新认出自己

「第三代诗」

表　达

柏　桦

我要表达一种情绪
一种白色的情绪
这情绪不会说话
你也不能感到它的存在
但它存在
来自另一个星球
只为了今天这个夜晚
才来到这个陌生的世界

它凄凉而美丽
拖着一条长长的影子
可就是找不到另一个可以交谈的影子

你如果说它像一块石头
冰冷而沉默
我就告诉你它是一朵花
这花的气味在夜空下潜行
只有当你死亡之时
才进入你意识的平原

音乐无法呈现这种情绪
舞蹈也不能抒发它的形体
你无法知道它的头发有多少
也不知道为什么要梳成这样的发式

你爱她，她不爱你

你的爱是从去年春天的傍晚开始的
为何不是今年冬日的黎明？

我要表达一种细胞运动的情绪
我要思考它们为什么反叛自己
给自己带来莫名的激动和怒气

我知道这种情绪很难表达
比如夜，为什么在这时降临？
我和她为什么在这时相爱？
你为什么在这时死去？

我知道鲜血的流淌是无声的
虽然悲壮
也无法溶化这铺满钢铁的大地

水流动发出一种声音
树断裂发出一种声音
蛇缠住青蛙发出一种声音
这声音预示着什么？
是准备传达一种情绪呢？
还是表达一种内含的哲理？

还有那些哭声
这些不可言喻的哭声
中国的儿女在古城下哭泣过
基督忠实的儿女在耶路撒冷哭泣过
千千万万人在广岛死去了
日本人曾哭泣过
那些殉难者，那些怯懦者也哭泣过
可这一切都很难被理解

一种自己的情绪
一种无法表达的情绪
就在今夜已来到这个世界
在我们视觉之外
在我们中枢神经里
静静的笼罩着整个宇宙
它不会死，也不会离开我们
在我们心里延续着，延续着
不能平息，不能感知
因为我们不想死去

夏天还很远

柏　桦

一日逝去又一日
某种东西暗中接近你
坐一坐，走一走
看树叶落了
看小雨下了
看一个人沿街而过
夏天还很远

真快呀，一出生就消失
所有的善在十月的夜晚进来
太美，全不察觉
巨大的宁静如你干净的布鞋
在床边，往事依稀、温婉
如一只旧盒子
一只褪色的书签
夏天还很远

偶然遇见，可能想不起
外面有一点冷
左手也疲倦
暗地里一直往左边
偏僻又深入
那唯一痴痴的挂念
夏天还很远

再不了，动辄发脾气，动辄热爱

拾起从前的坏习惯
灰心年复一年
小竹楼、白衬衫
你是不是正当年?
难得下一次决心
夏天还很远

镜　中

张　枣

只要想起一生中后悔的事
梅花便落了下来
比如看她游泳到河的另一岸
比如登上一株松木梯子
危险的事固然美丽
不如看她骑马归来
面颊温暖
羞惭。低下头，回答着皇帝
一面镜子永远等候她
让她坐到镜中常坐的地方
望着窗外，只要想起一生中后悔的事
梅花便落满了南山

何人斯

张 枣

究竟那是什么人？在外面的声音
只可能在外面。你的心地幽深莫测
青苔的井边有棵铁树，进了门
为何你不来找我，只是溜向
悬满干鱼的木梁下，我们曾经
一同结网，你钟爱过跟水波说话的我
你此刻追踪的是什么？
为何对我如此暴虐

我们有时也背靠着背，韶华流水
我抚平你额上的皱纹，手掌因编织
而温暖；你和我本来是一件东西
享受另一件东西；纸窗、星宿和锅
谁使眼睛昏花
一片雪花转成两片雪花
鲜鱼开了膛，血腥淋漓；你进门
为何不来问寒问暖
冷冰冰地溜动，门外的山丘缄默

这是我钟情的第十个月
我的光阴嫁给了一个影子
我咬一口自己摘来的鲜桃，让你
清洁的牙齿也尝一口，甜润的
让你也全身膨胀如感激
为何只有你说话的声音
不见你遗留的晚餐皮果

空空的外衣留着灰垢
不见你的脸，香烟袅袅上升——
你没有脸对人，对我？

究竟那是什么人？一切变迁
皆从手指开始。伐木丁丁，想起
你的那些姿势，一个风暴便灌满了楼阁
疾风紧张而突兀
不在北边也不在南边
我们的甬道冷得酸心刺骨

你要是正缓缓向前行进
马匹悠懒，六根辔绳积满阴天
你要是正匆匆向前行进
马匹婉转，长鞭飞扬

二月开白花，你逃也逃不脱，你在哪儿
休息
哪儿就被我守望着。你若告诉我
你的双臂怎样垂落，我就会告诉你
你将怎样再一次招手；你若告诉我
你看见什么东西正在消逝
我就会告诉你，你是哪一个

面朝大海，春暖花开

海 子

从明天起，做一个幸福的人
喂马，劈柴，周游世界
从明天起，关心粮食和蔬菜
我有一所房子，面朝大海，春暖花开

从明天起，和每一个亲人通信
告诉他们我的幸福
那幸福的闪电告诉我的
我将告诉每一个人

给每一条河每一座山取一个温暖的名字
陌生人，我也为你祝福
愿你有一个灿烂的前程
愿你有情人终成眷属
愿你在尘世获得幸福
我只愿面朝大海，春暖花开

麦　地

海　子

吃麦子长大的
在月亮下端着大碗
碗内的月亮
和麦子
一直没有声响

和你俩不一样
在歌颂麦地时
我要歌颂月亮

月亮下
连夜种麦的父亲
身上像流动金子

月亮下
有十二只鸟
飞过麦田
有的衔起一颗麦粒
有的则迎风起舞，矢口否认

看麦子时我睡在地里
月亮照我如照一口井
家乡的风
家乡的云
收聚翅膀
睡在我的双肩

麦浪——
天堂的桌子
摆在田野上
一块麦地
收割季节
麦浪和月光
洗着快镰刀

月亮知道我
有时比泥土还要累
而羞涩的情人
眼前晃动着
麦秸

我们是麦地的心上人
收麦这天我和仇人
握手言和
我们一起干完活
合上眼睛，命中注定的一切
此刻我们心满意足地接受

妻子们兴奋地
不停用白围裙
擦手

这时正当月光普照大地
我们各自领着
尼罗河、巴比伦或黄河
的孩子　在河流两岸
在群蜂飞舞的岛屿或平原

洗了手
准备吃饭

就让我这样把你们包括进来吧
让我这样说
月亮并不忧伤
月亮下
一共有两个人
穷人和富人
纽约和耶路撒冷
还有我
我们三个人
一同梦到了城市外面的麦地
白杨树围住的
健康的麦地
健康的麦子
养我性命的麦子!

雨中的马

陈东东

黑暗里顺手拿起一件乐器。黑暗里稳坐
马的声音自尽头而来
雨中的马

这乐器陈旧，点点闪亮
像马鼻子上的红色雀斑，闪亮
像树的尽头
木芙蓉初放，惊起了几只灰知更雀

雨中的马也注定要奔出我的记忆
像乐器在手
像木芙蓉开放在温馨的夜晚
走廊尽头
我稳坐有如雨下了一天
我稳坐有如花开了一夜
雨中的马。雨中的马也注定要奔出我的记忆
我拿过乐器
顺手奏出了想唱的歌

月　亮

陈东东

我的月亮荒凉而渺小
我的星期天堆满了书籍
我深陷在诸多不可能之中
并且我想到
时间和欲望的大海虚空
热烈的火焰难以持久

闪耀的夜晚
我怎样把信札传递给黎明
寂寞的字句倒映于镜面
仿佛蝙蝠
在归于大梦的黑暗里犹豫
仿佛旧唱片滑过了灯下朦胧的听力

运水卡车轻快地驰行
钢琴割开春天的禁令
我的日子落下尘土
我为你打开的乐谱第一面
燃烧的马匹流星多炫目

我的花园还没有选定
疯狂的植物混同于乐音
我幻想的景色和无辜的落日
我的月亮荒凉而渺小

闪耀的夜晚，我怎样把信札

传递给黎明
我深陷在失去了光泽的上海
在稀薄的爱情里
看见你一天天衰老的容颜

尚义街六号

于　坚

尚义街六号
法国式的黄房子
老吴的裤子晾在二楼
喊一声　胯下就钻出戴眼睛的脑袋
隔壁的大厕所
天天清早排着长队
我们往往在黄昏光临
打开烟盒　打开嘴巴
打开灯
墙上钉着于坚的画
许多人不以为然
他们只认识梵高
老卡的衬衣　揉成一团抹布
我们用它拭手上的果汁
他在翻一本黄书
后来他恋爱了
常常双双来临
在这里吵架，在这里调情
有一天他们宣告分手
朋友们一阵轻松　很高兴
次日他又送来结婚的请柬
大家也衣冠楚楚　前去赴宴
桌上总是摊开朱小羊的手稿
那些字乱七八糟
这个杂种警察一样盯牢我们
面对那双红丝丝的眼睛

我们只好说得朦胧

像一首时髦的诗

李勃的拖鞋压着费嘉的皮鞋

他已经成名了　有一本蓝皮会员证

他常常躺在上边

告诉我们应当怎样穿鞋子

怎样小便　怎样洗短裤

怎样炒白菜　怎样睡觉　等等

八二年他从北京回来

外衣比过去深沉

他讲文坛内幕

口气像作协主席

茶水是老吴的　电表是老吴的

地板是老吴的　邻居是老吴的

媳妇是老吴的　胃舒平是老吴的

口痰烟头空气朋友　是老吴的

老吴的笔躲在抽桌里

很少露面

没有妓女的城市

童男子们老练地谈着女人

偶尔有裙子们进来

大家就扣好纽扣

那年纪我们都渴望钻进一条裙子

又不肯弯下腰去

于坚还没有成名

每回都被教训

在一张旧报纸上

他写下许多意味深长的笔名

有一人大家都很怕他

他在某某处工作

"他来是有用心的，

我们什么也不要讲!"
有些日子天气不好
生活中经常倒霉
我们就攻击费嘉的近作
称朱小羊为大师
后来这只手摸摸钱包
支支吾吾　闪烁其词
八张嘴马上笑嘻嘻地站起
那是智慧的年代
许多谈话如果录音
可以出一本名著
那是热闹的年代
许多脸都在这里出现
今天你去城里问问
他们都大名鼎鼎
外面下着小雨
我们来到街上
空荡荡的大厕所
他第一回独自使用
一些人结婚了
一些人成名了
一些人要到西部
老吴也要去西部
大家骂他硬充汉子
心中惶惶不安
吴文光　你走了
今晚我去哪里混饭
恩恩怨怨　吵吵嚷嚷
大家终于走散
剩下一片空地板
像一张空唱片　再也不响

在别的地方
我们常常提到尚义街六号
说是很多年后的一天
孩子们要来参观

作品39号

于　坚

大街拥挤的年代

你一个人去了新疆

到开阔地走走也好

在人群中你其貌不扬

牛仔裤到底牢不牢

现在可以试一试

穿了三年半 还很新

你可还记得那一回

我们讲得那么老实

人们却沉默不语

你从来也不嘲笑我的耳朵

其实你心里清楚

我一辈子的奋斗

就是想装得像个人

面对某些美丽的女性

我们永远不知所措

不明白自己——究竟有多憨

有一个女人来找过我

说你可惜了 凭你那嗓门

完全可以当一个男中音

有时想起你借过我的钱

我也会站在大门口

辨认那些乱糟糟的男子

我知道有一天你会回来

拖着三部中篇一瓶白酒

坐在那把四川藤椅上

演讲两个小时
仿佛全世界都在倾听
有时回头照照自己
心头一阵高兴
后来你不出声地望我一阵
夹着空酒瓶一个人回家

沃角的夜和女人

吕德安

沃角，是一个渔村的名字
它的地形就像渔夫的脚板
扇子似的浸在水里
当海上吹来一件缀满星云的黑衣衫
沃角，这个小小的夜降落了

人们早早睡去，让盐在窗外撒播气息
从傍晚就在附近海面上的几盏渔火
标记着海底有网，已等待了一千年
而茫茫的夜，孩子们长久的啼哭
使这里显得仿佛没有大人在关照

人们睡死了，孩子们已不再啼哭
沃角，这个小小的夜已不再啼哭
一切都在幸福中做浪沫的微笑
这是最美梦的时刻，沃角
再也没有声音轻轻推动身旁的男人说
"要出海了"

父亲和我

吕德安

父亲和我
并肩走在
秋雨稍歇
和前一阵雨
像是隔了多年时光

我们走在雨和雨的
间歇里
肩头清晰地靠在一起
却没有一句要说的话

我们刚从屋子里出来
所以没有一句要说的话
这是长久生活在一起
造成的
滴水的声音像折下的一条细枝条

像过冬的梅花
父亲的头发已经全白
但这近乎于一种灵魂
会使人不禁肃然起敬

依然是熟悉的街道
熟悉的人要举手致意
父亲和我都怀着难言的恩情
安详地走着

温柔的部分

韩　东

我有过寂寞的乡村生活
它形成了我生活中温柔的部分
每当厌倦的情绪来临
就会有一阵风为我解脱
至少我不那么无知
我知道粮食的由来
你看我怎样把清贫的日子过到底
并能从中体会到快乐
而早出晚归的习惯
捡起来还会像锄头那样顺手
只是我再也不能收获些什么
不能重复其中每一个细小的动作
这里永远怀有某种真实的悲哀
就像农民痛哭自己的庄稼

有关大雁塔

韩　东

我们又能知道些什么
有很多人从远方赶来
为了爬上去
做一次英雄
也有的还来做第二次
或者更多
那些不得意的人们
那些发福的人们
统统爬上去
做一做英雄
然后下来
走进这条大街
转眼不见了
也有有种的往下跳
在台阶上开一朵红花
那就真的成了英雄
当代英雄
有关大雁塔
我们又能知道什么
我们爬上去
看看四周的风景
然后再下来
可是
大雁塔在想些什么
他在想，所有的好汉都在那年里死绝了
所有的好汉

杀人如麻

抱起大坛子来饮酒

一晚上能睡十个女人

他们那辈子要压坏多少匹好马

最后，他们到他这里来

放下屠刀，立地成佛了

而如今到这里来的人

他一个也不认识

他想，这些猥琐的人们

是不会懂得那种光荣的

静安庄

翟永明

第一月

——辛丑土
闭轸
春社：二月十六月

仿佛早已存在，仿佛已经就绪
我走来，声音概不由己
它把我安顿在朝南的厢房

第一次来我就赶上漆黑的日子
到处都有脸型相像的小径
凉风吹得我苍白寂寞
玉米地在这种时刻精神抖擞
我来到这里，听见双鱼星的嗥叫
又听见敏感的夜抖动不已

极小的草垛散布肃穆
脆弱唯一的云像孤独的野兽
蹑足走来，含有坏天气的味道
如同与我相逢成为值得理解的内心
鱼竿在水面滑动
忽明忽灭的油灯
热烈沙哑的狗吠使人默想
昨天巨大的风声似乎了解一切

不要容纳黑树
每个角落布置一次杀机
忍受布满人体的时刻
现在我可以无拘无束地成为月光

已婚夫妇梦中听见卯时雨水的声音
黑驴们靠着石磨商量明天
那里，阴阳混合的土地
对所有年月了如指掌

我听见公鸡打鸣
又听见辘轳打水的声音

第二月

从早到午，走遍整个村庄
我的脚听从地下的声音
让我到达沉默的深度

无论走到哪家门前，总有人站着
端着饭碗，有人摇着空空的摇篮
走过一堵又一堵墙，我的脚不着地
荒屋在那里穷凶极恶，积着薄薄红土
是什么挡住我如此温情的视线？
在蚂蚁的必死之路
脸上盖着树叶的人走来
向日葵被割掉头颅，粗糙糜烂的脖子
伸在天空下如同一排谎言
蓑衣装扮成神，夜里将作恶多端

寒食节出现的呼喊

村里人因抚慰死者而自我节制
我寻找，总带着未遂的笑容
内心伤口与他们的肉眼连成一线
怎样才能进入静安庄？
尽管每天都有溺婴尸体和服毒的新娘

他们回来了，花朵列成纵队反抗
分娩的声音突然提高
感觉落日从里面崩溃
我在想：怎样才能进入
这时鸦雀无声的村庄

第三月

此疫终年如一：似水结冰、似火
而三月作为势力，它们一无所获
我们看到的气体极度透明
无节奏的跳动、流行
通过睁开或合拢的眼皮

我来时一片寂静，村庄的中心是石榴
风以不祥的姿态独占屋顶
成群的人走过，怕水里的影子如同手相

此疫来源不明：
目光所及的影子消失外形
村庄如同致命的时刻流向我
或生或死，或轻轻踩出灰色雾气
水是活的，我触摸，感觉欲望上升
天空又灰又白，裸露生病的皮肤
土豆的颜色呈现暴殄的精彩

此疫为何降临无人知道
进城的小贩看见无辜的太阳
无数死鱼睁大坚韧的眼睛
在惨无人色的内心里
我无法感觉它们的回光返照

死者懂得沉默的力量，但愿
我所在的位置保持它一贯的风水
人们并无知觉
连枷敲打着不毛之地

第四月

四月是最残忍的一个月
他们擅长微笑，
他们有如此透明的凶器
燕子带着年复一年的怪味，
落满正方形的院子，丁香就在门前喧嚷

我蒙着脸走过但并不畏惧
月亮像一颗老心脏
我的血统与它相近
你尘世的眼光注视我，
响起母亲愤怒的声音
昼和夜茫然交替不已
永恒的脐带绞死我

我看见婚礼的形象
在生命的中心，孤独微笑
它仍在每家每户结下绳形，

面色如土的孩子们攥紧沙粒宣布死期
在另一头，攥紧泥土的那只手
本身是土，从更远的地方来，被风继承
蹲在水边，玻璃的头破坏隐喻
那使生命变得粗糙的他

是我异姓的兄长，圆锥形树像人一样哭泣
乌鸦站在祠堂头顶，它们生于古代，
偶然知晓今天落日的崩溃
水在梦中发现苦闷

我的脸无动于衷，使天空倾斜，使静安庄
具备一种寒冷的味道。不动
但一生被废墟的平静破坏，
头向刻满印摺的石页生长并裂开

自己的皱纹，耐心的古井吸干地底，心被出卖
苍鹰磨利视线，羊圈主人黑得像树
他正缓慢死亡，如一间荒屋被日光忽略
它苍白无血无实体

静安庄坐南朝北，缺乏光洁度
它降临如同普通的故事
与你同病相怜，蛋形面孔充满张力，
它的眼在夜里升上头顶，令人目眩

生下我，又让我生育的母亲
从你的黑夜浮上来
我是唯一生还者，在此地
我的脚只能听从地下的声音
以一向不抵抗的方式

迟迟到达沉默的深度

夜晚这般潮湿和富有生殖力，有条纹的窗纸
使我想起内心，在转弯处
用拐摸索走路的盲者，从石头里看见我
最底层的命运被许多神低声预言过

四月是最残忍的一个月，它微笑的性情越过腐烂
更具光彩，群居的家族
匍匐于祭扫之日，老烟叶排成
奇怪地行列，它在想：这个鸦雀无声的村庄

第五月

这是一个充满怀疑的日子，她来到此地
月亮露出凶光，繁殖令人心碎的秘密

走在黑暗中，夜光粼粼，天然无饰
她使白色变得如此分明
许多夜晚重新换过，她的手
放在你胸前依然神秘
蚕豆花细心地把静安庄吃掉
他人的入睡芬芳无比

在水一方，有很怪的树轻轻冷笑
有人叹息无名，她并不介意
进入你活生生的身体
使某些东西成形，它们是活的？

痛苦的树在一夜间改变模样
麦田守望人惊异

波动的土地使自己的根彻底消失
她去、她来，带着虚幻的风度
硕大无朋的石榴从拐角两边的矮墙
露出内在淫欲的颜色
缓缓走动，憎恨所有的风
参与各种事物的恶毒，她一向如此

甘美倾心的声音在你心内
早已变成不明之物
其他失眠者的五月，因想到
扶乩的咒语，微微泛起不自觉的怯意

第六月

夜里月黑风高男孩子们练习杀人
粗野的麦田潜伏某种欲念
我闻到整个村庄的醉意

有半年光景我仰面看它
直到畸形的身躯变成无垠
它旋转犹如门轴生了锈
人们酗酒作乐无人注意我
但我从一堆又一堆垃圾中
听到它的回声来自地心

满身尘埃的人用手触摸
黑檀木桌的神秘裂纹
想起盛朝年间的传说
今晚将有月蚀，妻子在木盆里净身
眼中充满盲目的恐惧

天空抽搐着，对我讳莫如深
祖先土葬的坟地
从墙缝处裂开无数失神的眼睛
翌晨，掘墓者发现
诸侯的床已被白蚁充满
我，我们偶然的形体
在黑暗中如何，在白昼也同样干枯

第七月

——处暑若逢天降雨
纵然结实也难留

谁能告诉我下雨的日子，我凝视那只毒眼
白露时节悬挂陌生气候
我始终在这个枯井村庄
先看见一块大石头，再看见它上面古老的血

在阳光下显现，男人和女人走过，跪着恳求太阳，
死去的路发白，日落方向迫近我的躯体，
圆卵石封锁河面，此时如同最大的悲怆

左手捧着土，右手捧着水，火在头顶炫耀，
而树已与天空结为同盟
永远只有一种可能出现
炊烟已进入外表神圣的时刻，目光焦躁如深夜

人神一体的祖母仰面于天，星星不断轮转
极端的预言表明寻找水源的人
灵魂已冒出热气，在我口中
有无名的裂痕难以启齿

在上或者在下，召集群岛以宽大的方式
以死亡的气质，在黑暗中也能看到
蝗虫的眼睛来，在这里
粗暴的内心他们的目光在天上
双手却在滚烫的尘土里背负于天
猛然看见天空呈现错乱色彩
周身布满被撕裂的痛楚
猫头鹰儿子给白昼留下空隙，
张嘴发出吓人的笑声使旱季倾斜而固执

水车无病呻吟，年轻的牛在憧憬，
被神附体的女人出现，无人娶她为妻
青枫树不计时日，在这儿出生和死亡，
旧宅的人离去，守夜者半睡半醒

身怀六甲的妇女带着水果般倦意，
血光之灾使族人想起贪心的墓场
老人们坐在门前，橡皮似的身体
因干渴对神充满敬意，目光无法穿过

傍晚清凉热烈的消息，强奸于正午发生，
如同一次地震，太阳在最后时刻松弛，
祈祷布满村庄，抬起的头因苦难而肿胀

看见无声无息的光染红麦草翻盖的屋顶
梦中发现稀罕的东西，掠夺者何处而至？
腹中装满家酿酒的烈性
我始终在这个枯井村庄
先看见一块大石头
再看见古老的血重新显现

一根桩子在万物欢腾时寂寞
像一个老人失去深度
喊声来自天空使浑身发凉
最后的时刻因看到雨水而醒目

第八月

八月有人睡在我的隔壁
他的麦秸草身体柔软无比
向日葵发出氲氲的臭味
好像阳光下的葡萄胎

他咧着嘴，仿佛至死都不悔改
我们憎恨太阳，并忘掉它的血
如果此刻我幸免悲伤，是因为
我始终保持可怕的光彩
一只手伸向平原，它的心塞满稻草

赤裸的街道发出响声
如成熟的鸟卵，内心装满白色空间
被风慢慢吹硬了老骨头
石灰窖发出仅存的感染
来自旱季的消息使我闻到罪行
人头攒动，谁仰面去看
谁就化为石头

靠近我家的牲口栏
我看见过兽性燃烧的火焰
嗜酒成性的父亲不睡觉时
也看见妻子的遗言
什么东西撕毁她，走来走去？

内部永远是黑空气
男孩子睡在马厩
注视他的动物灵魂
我们憎恨太阳，仿佛至死都不悔改

第九月

——壬寅金
丑时霜降

去年我在大沙头，梦想这个村落
满脸雀斑焕发九月的强度
现在我用足够的挥霍破坏
把居心叵测的回忆戴在脸颊上

是我把有毒的声音送入这个地带吗？
我十九，一无所知，本质上仅仅是女人
但从我身上能听见直率的嗥叫
谁能料到我会发育成一种疾病？

我居住在这里，冷若冰霜，不失天真模样
从未裸体，比干净的草堆更惬意
太阳突然失踪，进入我最热情的部位
那时我还年轻，保持无边的缄默

呆板，但诚心诚意
原封不动，我有时展开双臂
这一带曾是水洼，充满异物的眼光
第九月的庄稼长势很好

踩在泥土上，本身也是土

我出生时看见夜里的生灵倾向我
皂角树站在窗前，对我施以暴力
噩梦中出现的沉默男子，一生将由他安排

怀着未来的影子，北风嚣张时
我让雨顺着黑垩石流入我身体
贫穷不足为奇，只是一种方式
循环和繁殖，听惯这村庄隐处的响声

第十月

温存的瞬间倾向我
如此继续的梦投入我的怀抱
在它们生长之前，听见土地嘶嘶的
挣扎声，像可怕的胎动
那裂痕与我的伤口相似
嚼着盐，嚼着板蓝草根
把手轻轻放在堇菜花上
我感觉我支配一切

陌生人走向夜间出现的亡灵
死亡的种子在第十月长出生命
无声无息，骨头般枯竭的脸
我是怎样散发天真气息？但朝向我的
是怎样无动于衷的眼睛？
在我诞生之前就注视这个村庄

沉默的婴儿横卧田塍，如我的肉体
横卧菜砧上，沾满液体的手
具有先见性，皱巴巴的面孔愚不可救
一只眼睛慢慢睁开，和太阳的视线一致

感到掌心握着发烫的种子

方圆十里之内，先有火，再有水
于是逆光中这片翻松的土地
爬出一种古老的调子自我毁灭
除了时间，并无其他以埋藏这样长久的
根源，沿着这座病态的村庄回首
我忘记了那个位置，那儿人烟稀少

第十一月

并非高不可攀，而是无物可攀
那个别的形同枯槁的天空
把你苦行主义的脸移开
我用四面八方的雪繁殖冬天的失败

即使在别处，这一片白色也带着你的气味
风萧萧而过，我关闭目光
因为内心萌起纵火的恶念
很静、很长的一瞬间
不动声色，我们吹气如兰
并侵犯彼此的软弱语言

我无意中走进这个村庄
无意中看见你，我感到
一种来自内部的摧残将诞生
我们蒙受的热度使这一带
呈现错误色彩，我十九，你也一样
落日接近脚底时
把我们构成交叉的三角形

你走，你来，你的脸和云的脸实为一体

纯偶然的时刻，你神秘而冷淡的手指
依然紧攥、两个灵魂深不可测
越过你和谐的身体
我始终感到你内心分裂的痛楚
在每个角落，与我同在

第十二月

如今已到离开静安庄的时候
牝马依然敲响它的黑蹄
西北风吹过无人之境，使一群牛犊想起战争
……
迄今无法证明空虚的形体，落日像瘟疫降临
坐在村头内心疮痍如一棵树
双手布置白色树液的欲望，被你唤醒
我抬头看见飞碟偶然出现，偷偷抚摸
怀中之石，临别与我接吻
整个村庄蒙受你的阴沉
鞋子装满沙粒，空气密布麦芽气味

太阳又高又冷，努力想成为有脑髓的生物
年迈的妇女翻动痛苦的鱼
每个角落人头骷髅装满尘土
脸上露出干燥的微笑，晃动的黑影

步行的声音来自地底
如血液流动，蝴蝶们看见
自己投奔死亡的模样
与你相似，距离是所有事物的中心

在地面上，我仍是异乡的孤身人

始终在这个鸦雀无声的村庄，耳听此时出生的
古老喉音，肋骨隐隐作痛
一度可接近的时间为我
打开黑夜的大门，女孩子站在暮色里

灰色马、灰色人影，石板被踢起的火花照亮，
一种恶心感觉像雨
淋在屋顶，婴儿的苦闷产生
我们离开，带着无法揣测的血肉之躯
归根结蒂，我到过这里，讨人喜爱
我走的时候却不怀好意
被烟熏出眼泪，目光朝向
伤了元气的轮回部分和古老皱纹

低飞的鸟穿过内心使我一无所剩
刻着我出生日期的老榆树
与结满我父亲年龄的旧草绳
因给予我们生命而骄傲

村里的人站在向阳的斜坡上，对白昼怀疑
又绕尽远路回到夜里休息
老年人深深的目光使布满恶意的冬天撤退

使我强有力的脸上出现裂痕。
最先看见魔术的孩子站在树下
他仍在思索：所有这一切是怎样变出来的
在看不见的时刻

至关重要

在我们身上必须有一个黑夜

——杰佛斯

你的身体伤害我

就像世界伤害着上帝

——普拉斯

女人（组诗）

翟永明

第一辑

——唯有我
在濒临破晓时听到了滴答声

预　感

穿黑裙的女人黧夜而来
她秘密的一瞥使我精疲力竭
我突然想起这个季节鱼都会死去
而每条路正在穿越飞鸟的痕迹

貌似尸体的山峦被黑暗拖曳
附近灌木的心跳隐约可闻
那些巨大的鸟从空中向我俯视
带着人类的眼神
在一种秘而不宣的野蛮空气中
冬天起伏着残酷的雄性意识

我一向有着不同寻常的平静
犹如盲者，因此我在白天看见黑夜
婴儿般直率，我的指纹
已没有更多的悲哀可提供
脚步正在变老的声音
梦显得若有所知，从自己的眼睛里
我看到了忘记开花的时辰

给黄昏施加压力

鲜苔含在口中，他们所恳求的意义
把微笑会心地折入怀中
夜晚似有似无地痉挛，像一声咳嗽
憋在喉咙，我已离开这个死洞

臆　　想

太阳，我在怀疑，黑色风景与天鹅
被泡沫温满的躯体半开半闭
一个斜视之眼的注目使空气
变得晦涩，如此而已

梦在何处繁殖？出现灵魂预言者
首先，我是否正在消失？橡树是什么？
（本爻主吉，因此有星在脚下巡视）
但请问是怎样的目光吸收我
在那被废黜的，稠密的云墙后
月亮恰在此时升起它的处女光晕

我将怎样瞭望一朵蔷薇？
在它粉红色的眼睛里
我是一粒沙，在我之上和
在我之下，岁月正在屠杀
人类的秩序

一串发荧光的葡萄
一只广大无埂的沙漠之兽
一株匕首似的老树干
化为空荡荡的墙

整个宇宙充满我的眼睛

现在，我换另一个角度
心惊肉跳地倾听蟋蟀的抱怨声
空气中有青铜色牝马的咳嗽声
洪水般涌来黑蜘蛛
在骨色的不孕之地，最后的
一只手还在冷静地等待

瞬　间

站在这里，站着
与咯血的黄昏结为一体
并为我取回染成黑色的太阳
死亡一样耐心的是这块石头
出神，于是知道天空已远去
星星在最后的时刻撤退，直到
夜被遗弃，我变得沉默为止

所有的岁月劫持在一瞬间
在我脸上布置斗换星移
默默冷笑，承受鞭打似的
承受这片天空，比肉体更光滑
比金属更冰冷，唯有我
在濒临破晓时听到了滴答声
片刻之欢无可比拟. 态度冷淡
像对空气怀有疑问，一度是露水
一度是夜，直到我对今晚置之不理
直到我变得沉默为止
站在这里，站着
面对这块冷漠的石头

于是在这瞬间，我痛楚地感受到
它那不为人知的神性
在另一个黑夜
我默然地成为它的赝品

荒　屋

那里有深紫色台阶
那里植物是红色的太阳鸟
那里石头长出人脸

我常常从那里走过
以各种紧张的姿态
我一向在黄昏时软弱
面那里荒屋闭紧眼睛
我站在此地观望
看着白昼痛苦的光从它身上流走

念念有词，而心忐忑
脚步绕着圈，从我大脑中走过
房顶射出传染性的无名悲痛
像一个名字高不可攀
像一件礼物孤芳自赏和一幅画
像一块散发着高贵品质的玻璃死气沉沉

那里一切有如谣言
那里有害热病的灯提供阴谋
那里后来被证明：无物可寻

我来了　我靠近　我侵入
怀着从不敞开的脾气
活的像一个灰瓮

它的傲慢日子仍然尘封不动
就像它是荒屋
我是我自己

渴　望

今晚所有的光只为你照亮
今晚你是一小块殖民地
久久停留，忧郁从你身体内
渗出，带着细腻的水滴

月亮像一团光洁芬芳的肉体
酣睡，发出诱人的气息
两个白昼夹着一个夜晚
在它们之间，你黑色眼圈
保持着欣喜

怎样的喧嚣堆积成我的身体
无法安慰，感到有某种物体将形成
梦中的墙壁发黑
使你看见三角形泛滥的影子
全身每个毛孔都张开
不可捉摸的意义
星星在夜空毫无人性地闪耀
而你的眼睛装满
来自远古的悲哀和快意

带着心满意足的创痛
你优美的注视中，有着恶魔的力量
使这一刻，成为无法抹掉的记忆

第二辑

——我目睹了世界
我创造黑夜使人类幸免于难

世　界

一世界的深奥面孔被风残留，一头白燧石
让时间燃烧成暧昧的幻影
太阳用独裁者的目光保持它愤怒的广度
并寻找我的头顶和脚底
虽然那已是很久以前的事。我在梦中目空一切
轻轻地走来，受孕于天空
在那里乌云孵化落日，我的眼眶盛满一个大海
从纵深的喉咙里长出白珊瑚

海浪拍打我
好像产婆在拍打我的脊背，就这样
世界闯进了我的身体
使我惊慌，使我迷惑，使我感到某种程度的狂喜

我仍然珍惜，怀着
那伟大的野兽的心情注视世界，沉思热虑
我想：历史并不遥远
于是我听到了阵阵潮汐，带着古老的气息

从黄昏，呱呱坠地的世界性死亡之中
白羊星座仍在头顶闪烁
犹如人类的繁殖之门，母性贵重而可怕的光芒
在我诞生之前，我注定了

为那些原始的岩层种下黑色梦想的根。它们
靠我的血液生长
我目睹了世界
因此，我创造黑夜使人类幸免于难

母　亲

无力到达的地方太多了，脚在疼痛，母亲，你没有
教会我在贪婪的朝霞中染上古老的哀愁。我的心只像你

你是我的母亲，我甚至是你的血液在黎明流出的
血泊中使你惊讶地看到你自己，你使我醒来

听到这世界的声音，你让我生下来，你让我与不幸构成
这世界的可怕的双胞胎。多年来，我已记不得今夜的哭声

那使你受孕的光芒，来得多么遥远，多么可疑，站在生与死
之间，你的眼睛拥有黑暗而进入脚底的阴影何等沉重

在你怀抱之中，我曾露出谜底似的笑容，有谁知道
你让我以童贞方式领悟一切，但我却无动于衷

我把这世界当作处女，难道我对着你发出的
爽朗的笑声没有燃烧起足够的夏季吗？没有？

我被遗弃在世上，只身一人，太阳的光线悲哀地
笼罩着我，当你俯身世界时是否知道你遗落了什么？

岁月把我放在磨子里，让我亲眼看见自己被碾碎
呵，母亲，当我终于变得沉默，你是否为之欣喜

没有人知道我是怎样不着边际地爱你，这秘密
来自你的一部分，我的眼睛像两个伤口痛苦地望着你

活着为了活着，我自取灭亡，以对抗亘古已久的爱
一块石头被抛弃，直到像骨髓一样风干，这世界

有了孤儿，使一切祝福暴露无遗，然而谁最清楚
凡在母亲手上站过的人，终会因诞生而死去

夜　境

正值乌鸦活动的时候
——传说这样开头
她已走进城堡，渐渐感到害怕
那些夜晚树一直睡在水上
水很优雅，像月亮的名字
黑猫跑过去使光破碎
瘦骨嶙峋的拱门把手垂下
像夜之花

传说这样写道- 一
分明有雨，有幻觉
幽灵般顺着窗户活动
但她并不知晓
那些夜晚走廊藏匿起康乃馨花的影子
井壁并不结实，苔藓太老
她觉得一切得熟悉，但远不是梦境

传说继续写道——现在
她已站在镜子中，很惊讶
看见自己，也看见凉台上摊开的书

整个夜晚风很大

一棵楝子树对另一棵发出警告

她拎着裙子走上来，拿起书

没有开头，也没有结尾

但她觉得一切很熟悉，像读自己

故事刚刚开始

传说这样结束

——正值乌鸦活动的时候

憧　憬

我在何处显现？水里认不出

自己的脸，人们一个接一个走过去

夏天此起彼伏地坠落

仿照这无声无响的恐怖

我的爱人　我像露水般扩大我的感觉

所有的天空在冷笑

没有任何女人能逃脱

我已习惯在夜里学习月亮的微笑方式

在此地或者彼地，因为我是

受梦魇憧憬的土壤

我在何处形成？夕阳落下

敲打黑暗，我仍是痛苦的中心

影子在阳光下竖立起各种姿态

没有杀人者，也没有幸免者

这片天空把最初的肋骨

排列成星星的距离

我的爱人，难道我眼中的暴风雨

不能使你为我而流的血返回自身

创造奇迹？

我是这样小，这样依赖于你
但在某一天，我的尺度
将与天上的阴影重合，使你惊讶不已

噩 梦

你在这里躺着，策划一片沙漠
产卵似的发出笑声
某个人在秘密支配
向日葵方式的梦。心跳概不由己
闭上眼睛，创造顽固易碎的天气
海是唯一的，你的躯体是唯一的

像一个巨大的，被毁坏的器官
和那些活着被遗弃的沉默的脸
星星们漠然，像遥远的白眼瞳
一株仙人掌向天空公布
不能生殖的理由

你是？你不是第一个发现海市蜃楼的人
把黄昏升为黎明，让红色显然于目
永远是那只冰冷的手
海无动于衷，你的躯体无动于衷

在不同的地点向月亮仰起头
一脸死亡使岩石暴露在星星之下
夜在孤寂中把所有相同的时辰
镀成有形状的残垣

你整个是充满堕落颜色的梦
你在早上出现，使天空生了锈

使大地在你脚下卑微地转动

第三辑

——用人类的唯一手段
你使我沉默不语

独　白

我，一个狂想，充满深渊的魅力
偶然被你诞生。泥土和天空
二者合一，你把我叫作女人
并强化了我的身体

我是软得像水的白色羽毛体
你把我捧在手上，我就容纳这个世界
穿着肉体凡胎，在阳光下
我是如此炫目，使你难以置信

我是最温柔最懂事的女人
看穿一切却愿分担一切
渴望一个冬天，一个巨大的黑夜
以心为界，我想握住你的手
但在你的面前我的姿态就是一种惨败

当你走时，我的痛苦
要把我的心从口中呕出
用爱杀死你，这是谁的禁忌？
太阳为全世界升起！我只为了你
以最仇恨的柔情蜜意贯注你全身
从脚至顶，我有我的方式

一片呼救声，灵魂也能伸出手？
大海作为我的血液就能把我
高举到落日脚下，有谁记得我？
但我所记得的，绝不仅仅是一生

证　明

傍晚最后一道光刺伤我
躺在赤裸的土地上，躺着证明
有一天我的血液将与河流相混
怀着永不悲伤的心情，在我身下
夕阳晒红了狼藉的白垩石

当我双手交叉，黑暗就降临此地
即刻有梦，来败坏我的年龄
我茫然如不知所措的陷阱
如每个黄昏醉醺醺的凝视
我是夜的隐秘无法被证明

水使我变化，水在各处描绘
孤独的颜色，它无法使我固定
我是无止境的女人
我的眼神一度成为琥珀
深入内心，使它更加不可侵犯
忍受一种归宿，内心寂静的影子
整夜呈现在石头上，以证明
天空的寂静绝非人力

当我站起来，变成早晨的青火焰
照射，却使秋天更冷

女人呵，你们的甜蜜
在上月是一场灾难
在今天是宁静，树立起一小块黑暗
安慰自己

边　缘

傍晚六点钟，夕阳在你们
两腿之间燃烧
睁着精神病人的浊眼
你可以抗议，但我却饱尝
风的啜泣，一粒小沙并不起眼
注视着你们，它想说
鸟儿又在重复某个时刻的旋律

你们已走到星星的边缘
你们懂得沉默
两个名字的奇异领略了秋天
你们隐藏起脚步，使我
得不到安宁，蝙蝠在空中微笑
说着一种并非人类的语言

这个夜晚无法安排一个
更美好的姿态，你的头
靠在他的腿上，就像
水靠着自己的岩石
现在你们认为无限寂寞的时刻
将化为葡萄，该透明的时候透明
该破碎的时候破碎

瞎眼的池塘想望穿夜，月亮如同

猫眼，我不快乐也不悲哀
靠在已经死去的栅栏上注视你们
我想告诉你 没有人去拦阻黑夜
黑暗已进入这个边缘

七　月

从此夏天被七月占据
从此忍耐成为信仰
从此我举起一个沉重的天空
把背朝向太阳

你是一个不被理解的季节
只有我在死亡的怀中发现隐秘
我微笑因为还有最后的黑夜
我笑是我留在世界上的权力
而今那只手还在我的头顶
是怎样的一只眼睛呵让我看见
一切方式现已不存

七月将是一次死亡
夏天是它最适合的季节
我生来是一只鸟，只死于天空
你是侵犯我栖身之地的阴影
用人类的唯一手段你使我沉默不语

我生来不曾有过如此绵绵的深情
如此温存，我是一滴渺小的泪珠
吞下太阳，为了结束自己才成熟
因此我的心无懈可击

难道我曾是留在自己心中的黑夜吗?
从落日的影子里我感受到
肉体隐藏在你的内部,自始至终
因此你是浇注在我身上的不幸
七月你裹着露珠和尘埃熟睡
但有谁知道你的骸骨以何等的重量
在黄昏时期待

秋　天

你抚摸了我
我早已忘记

在秋天,空气中有丰盛的血液
一只鸟和我同时旋转
正午的光突然倾泻
倒在我的怀抱
我没有别的天空像这样出其不意
仰面朝向一个太阳
或者发抖,想着柔软的片刻
树都默默无声,静静如吻
如无力的表情假装成柔顺

羊齿植物把绿色汁液喷射天空
二叶草的芬芳使我作呕
秋叶飘在脸颊上
一片已尝到甜蜜的叶子睥睨一切

现在才是另一只手出现的时候
像种种念头,最后有不可企及的疼痛
我微笑像一座废墟,被光穿透

炎热使我闭上眼睛等待再一次风暴
声音、皮肤、流言
每个人都有无法挽回的黑暗
它们就在你的手上

你抚摸了我
你早已忘记

死亡八首

梁晓明

——近些日子心里极为敏感，感觉死亡好像忽然来到了我的身边，其实我八十年代初就那样感受过，为此我还特意走上了断桥，看着满目绿柳、白堤、荷叶和孤山，满怀留恋和告别的心绪，当时就觉得这种内心的丰富实在是诗歌最好的土壤。二十多年过去，今晚开始竟然感觉死亡又一次静静坐在了我的身边。

1：

原来你那么突然，又那么自然，那么快，
又那么按部就班地
来了，像一片小小的绿叶悄悄站上了一根树枝
无声无息，却又那么触目惊心
我在你旁边，
我看着你
我要用一生的学问，成绩和生长的力量
甚至眼泪，甚至生命，向你挽留，向你哭诉
慢一点，再多点时间，多点健康的阳光
让我奔跑，让我再次散漫地行走在乱流的河边
一首歌，或者一本浅薄的小书
我不怨，甚至不会多说一句浪费的语言
我亲近草，亲近草地下你催生的蚂蚁
那些青菜，甘蔗，突然跃出的猎狗和野猫
甚至大桥，甚至后工业时代吃油的汽车

慢一点，我看着你

我有太多的群山，太多的湖泊还没有亲近
太多优秀的人类还没有结识、交流和握手
我有太多的想法像早春的阳光满天铺洒，可是你
那么突然，又那么自然，那么快，
又那么按部就班地
来了，
一句话不说，就像夜晚的台灯一样
悄悄默默地站在一米开外

我的脸前，一个人
将要远去，是我
或者是我最近的亲人
没有更多书籍可以描绘你的气息
但我闻到，浑身沉进了你的手里……

2：

我曾经那么优雅地分花拂柳，像独生子女般
穿行在江南，我看着月亮，
我相信在它的手下我才慢慢长大
我轻轻微笑
那么自信，我那么相信我的微笑里竟然一定有鱼米之香

我说话不多，我相信只有愿意的耳朵才能听到
我说话的音节
我只在附近的眼睛里才真正亮出我头脑的光芒
二十岁，我认为我长得越来越美
而且在风中
我认清了人生
整个青春我爱风，爱水，爱所有的星星和沉默的树林
我爱山，爱河流，爱书架上所有智慧的言语

十岁到了，我终于发现我其实从来没有爱过自己
我藐视生活，把生命看成沙子的飘飞
水汽的升腾，烟雾的袅娜
短暂，渺小，而且无痕
我嘲笑钱，嘲笑鱼，嘲笑咖啡和一切奢华的比拼

终于我忽然地走进了中年
明晃晃的太阳下我终于在头顶打起了雨伞
一个儿子诞生了
一个陌生的自己像一种最大的嘲笑
他天天把镜子放在我的脸前
我的狂妄，自圣，像最不可靠的一碗菜汤
一粒米饭，他小手轻轻一拨
我嘲笑的愤怒立即把我彻底淹没
以至感慨，以至羡慕
以至向往深山老林中自败的秋蝉

3：（去父亲墓前）

这样我又一次来到了你的墓前，青山在背后像波浪
从头顶四处散开
在你面前，我的骄傲像石碑上泼开的一碗清水
一支香，一缕烟雾毫无骨头地软弱地消散
你死前的眼睛并没有闭上
你快乐，自信，最后的目光依然瞪向你希望的前方
我看不见你的理想和花园，你的风筝只在你自己的脑袋里飘飞
我看不见你的目光里到底有多少对大地的眷恋
还有我，你的儿子
我来看你，哪怕现在你早已在空中
在地底下欢笑
你带去的桃树一定已经结满了枝头

你高声朗诵的瀑布一定又一次挂满了前川
你的邻居烧饭的时候一定会被你的朗诵骚扰
你不管，只照顾着自己浪漫的李白
你这老头，不抽烟，不喝酒
一辈子在大肉和辣椒里睡眠

我坐下来，忽然想到
在中国，七十年代
你大街上忽然拉住一位开会的朋友
在狭窄弯曲的江南弄堂，你们俩打开一本《唐诗三百首》
那么诡秘，那么欣喜，我在后面
像我的儿子刚好也是九岁的童年
这么想着，轻轻微笑着
我竟然忘了，那么突然，又那么自然，那么快，
又那么按部就班地
我的死亡它早已悄悄地来到身边，像一片绿叶
站上了一根细小的树枝
无声无息，却又那么触目惊心地
它在我们中间忽然变成了最好的朋友
在树影里轻轻摇晃着自得的身体
像家里的一员，它甚至也坐下来
也看着你，像我一样的向过去怀念……

4：

祖国其实从来都像是一片土地，一条道路
一碗我每天必须要亲近的大白米饭
我可以喝酒，吃肉
我甚至可以饿着肚子赞美流水
但是你从来没有把脚步移开
你微笑，毫无代价地展开身体

像空气的大手摸遍了大地自己却毫无一点收益，它依然
每天前来，每时每刻支持着它所遭遇的生命

一点一滴，结束的，你把它送入灰烬，而新鲜诞生的
你就把时间转变成鼓励

我为什么忽然会想到祖国？此时此刻，我应该想起
我的一生
我的耻辱，欢乐，光辉与折磨，我应该
向我的亲人一一告别
甚至向可能存在的
激励我的敌人
我应该向一切道谢，感恩，用清水的眼光
向过去的一生轻轻淋洒
那些童年的燕子，青年的乳房，肌肉
与到达中年后喷香的香椿
我把它从安吉的深山移来
种在花园里，我比读诗更加仔细地每天看着它的绿叶成长
可是祖国与我是什么关系？在深深思考祖国之前
我应该坐在祖国的家里，还是应该
静静地站在祖国的门外？

我到底应该如何处理我这个自己？

想得太远，正如太多人想得太近
正如我的生命从来遥控在它的手里
我唱歌，睡眠，我甚至作恶和热烈地做爱

我几时脱离过它的控制？

太多的爱此刻像潮水涌上我开放鲜红的喉咙

民工或者商人，当官的或者在曲线中折腾的交易
扫地者，划船者，收税官和正在喝酒的外交使节
我看着社会那么繁忙地折腾着自己，那么多生命积极地
大步奔跑着向死亡冲去

我坐着看见这一切发生，我无言

我转身带着自己孤独的远去……

5：

心里有你，眼睛才看到你
心里空虚，世界才露出丰富的身体
心里有水，滋润在世界之间才可能产生
心里有死，死才会走出来交出怜悯，交出你的时间
像最好的兄弟，它才会陪你慢慢回访你跌宕的一生
无声无息，甚至接受了你的叹息……

桅杆划过，鸟翅带起了一片微风，风之上
灵魂把大地一一回访
波浪的一生汹涌的争斗最后消逝在陌生的海滩，静静退下
一点点留下水沫的躯体，甚至留不住一粒细沙

心里有诗，诗就从手上流到了纸上
心里有爱，爱就会带来你诧异的悲伤
心里愤怒，一杯茶都会淹没生命
心里要告别了，就像现在
你读着这首诗，这些字
就像一只只手臂向你挥起，并且丰富地向你摇晃

要走了，我走后的大门会一一关闭

你是你，我是我
此刻连眼泪都一片清亮
闪闪发光
但迷茫的大雾统治着大路，而小路上
我又能找到怎样的故乡？

6：

越来越近，正如世界发展越来越快，转眼之间
昨天的孩子长出了胡须
牌桌上的孩子们玩弄着科技，正如我手指上紧握着钢笔
但是你的大脚踩向大地
你几乎盲目地收割掉一切的光荣、耻辱、高楼和皇帝
你一挥手，小草和苹果全部枯萎，你再次挥手
光亮的广场空荡荡通向了奇怪的梦境

我也是人间还在持续的奇怪梦境
我是，他是，只要你坚持看到了这里，你也会变成一个标点
一句话，一捧散撒在空中的迷幻的焰火
飘飞而且短暂，自恋而且自弃

在现代科技的奔跑中我看到老牛喘息在泥泞的田里
在半山腰读书的细小眼睛中，我看到未来狡黠的勾引

越来越近，正如我偶然看见街上的夕阳，那么圆满，绯红
它把温暖的光线均匀地播洒在世界的身上，
你的，我的，商店和河面上
一视同仁，不声不响
清扫工来了，甜的糖纸，青春过后的枯萎树叶，甚至文件
甚至精光闪亮的一枚戒指

我怎么样才能平静地面对扫帚的来临？
我怎么样才能无怨无喜地
跟着它的脚步轻轻离去？

7:

不能不提到你，不可能我能够谈天，谈地，谈道德和爱情
我谈完了世界最大的官场，神秘莫测的凶狠海洋
我哪怕最后谈到了亲戚，我还是不能不提到你
我的诗歌，我的命，我的黑夜和让我坚持到现在的最大的信心
我愿意把你做成蛋糕，我愿意用我一切的欣喜，悲伤和孤寂
我愿意把所有的时间做成你飘忽悠然的星星火苗
让它亮起来，死就死吧
我愿意让自己一点点烧尽在你的手里

8:

山峰耸立，正如河流悠远地逝去，篷帆张扬
水波的手掌拍岸又离去
像一个句号，刚刚画好了最后一笔
一首歌
尾音落在了渔夫的网里

像最远的烟囱带着船帆彻底消失在人间的四季
我在白纸上挥手，我在电脑前挥手
树上的秋天一片沉寂

我坐下来，一个逗号坐下来
我还在呼吸
我抬头仰望着明天的消息。

关于市场经济的虚构笔记

欧阳江河

1

从任何变得比它自身更小的窗户
都能看到这个国家，车站后面还是车站。
你的眼睛后面隐藏着一双快速移动的
摄影机的眼睛，喉咙里有一个带旋钮的
通向高压电流的喉咙：录下来的声音，
像剪刀下的卡通动作临时凑在一起，
构成了我们这个时代的视觉特征。
一列蒸汽火车驶离装饰过的现实，一个口号
使庞大的重工业变得轻浮。在口号反面的
广告节目里，政治家走向沿街叫卖的
银行家的封面肖像，手中的望远镜
颠倒过来。他看到的是更为遥远的公众。

2

银行家会不会举手反对省吃俭用的
计划经济的政治美德?花光了挣来的钱
就花欠下的。如果你把已经花掉的钱
再花一遍，就会变得比存进银行更多，
也更可靠。但是无论你挣多少钱，
数过一遍就变成了假的。一切都在增长
和变化，除了打光子弹的玩具枪，
除了从魔术掏出来的零用钱。

伪装的自传，渗透到公众利益的基础，
从个人积蓄去掉时间，去掉先知先觉的
冰冷常识。如果还不是什么都不需要，幸福
就会越来越少。够吃就行了，没有必要丰收。

3

道德和权力的怀乡病在一句子里
加了括号，不能集中到一个人的嘴上。
你将眼看着身体里长出一个老人，
与感官的玫瑰重合，像什么
就曾经是什么。机器时代的成长
总是在一秒钟的晕眩里嫌一生太漫长。
你知道自己重视的是青春，却选择了一门
到老年才带来荣耀的技艺。要想在年轻时
挥霍老年的巨大财富，必须借助虚无的力量
成为自己身上的死者。大海难以描述的颜色
穿插进来，把你的面孔变成纷乱的小雨，
在加了一道黑边的镜框里突然亮起来。

4

不要那么看重死后的名声，它们
并不真的存在，你能从中腾出手来
去拆一封生前的信。肉体的交谈
没有固定不变的邮政地址，它只对来世
有约束力。只要黑色还在玫瑰中坚持，
爱情就只能通过远处的目光加以注视。
等号后面的目光，它对现存事物的看法
带有回忆录的梦幻性质。要是你转身
转得够快，要是我用第一人称来称呼你：

你可以选择被遗忘还是被记住，下来
还是高踞其上。楼梯已经折叠起来。
你可以取消你的座位，也可以让它停在空中。

5

你试图拯救每天的形象：你的家庭生活
将获得一种走了样的国际风格，一种
肥皂剧的轻松调子。凡是曾经出现的
都没有被预言过。美就是对器皿
的空想，先有了一条像空气那么自由的裙子，
然后有一个适合它的腰。你知道色情
比温情更能给女人带来一种理想的美，
其中悲哀的真实成分比假设的、比你
预先想到的还多。干枯的满天星
落到花瓶里，形成腰部紧束的女人，
精神阴暗的另一面。而你满脑袋都是韵脚，
一屁股的欠债像汽水往外冒泡。

6

你谈到旧日女友时引用了新近写下的
一行赞美诗。在头韵和腰韵之间，你假定
肉体之爱是一个叙述中套叙述的
重复过程。重复：措辞的乌托邦。
由此而来的下一个不在此时
此地，其面相带有小地方长大的人
特有的狡狡黠，加快了来到大城市的步伐。
上班时你混在人群中去见顶头上司，这表明
日出是一种集体印象，与早期教育
所培养的乡土气融成一片。现在没有人

还会惦记故乡，身在何处有什么关系？
飘忽不定的心情，碰巧你是伤感的。

7

为什么总是那么好，为什么不能
次一些?约会时你到得比上班还晚。
一只脚紧紧踩住加速器，另一只脚
踩在刹车上面。不要向身后回望，
中午的快餐退出视野后会变得广阔起来，
就像暴风雨变成某种性格，在一幅油画中
从推窗可见的田园景色分离出来。
实际上你不可能从旧时代和新生活
去赴同一顿晚餐，幸福
有两种结局，它们都是平庸的。
如果你来晚了就总是来得太晚，
如果来得早了一点，约会就将取消。

8

起初你要什么，主人就在杯子里
给你斟满什么。现在杯子里是什么
你就得喝什么。下一个轮到你去白净的
洗手间，把想要呕吐的全部呕吐出来。
这顿午餐在本质上是黑夜。要是它的真实性
再减少一些，看上去就会像催眠似的
让人着迷。从中裂开的幽暗酒吧，
对于一把餐刀是开心果，但如果使用的
是筷子，仅有的饥饿将倾向于放弃肉体。
食谱里的花朵，是否能够借助光线的变化
显示被风刮过，或是被刀子扎过的
不同黑暗?尽管触及黑暗的花梗已经折断。

9

起伏的蛇腰穿过两端，其长度
可以任意延长，只要事物的短暂性
还在起作用。犯人在被抓住之后
才有面孔，然而本来就不那么肯定的证据
否定不了什么，也不可能被否定。
辩护词是从另一桩案子摘抄下来的，
其要点写进了教科书。从前的进修生
摇身变成法官，他的外省口音
听上去带有大蒜发芽的味道，使两个
彼此接近的事实变得必须单独面对。
法律从嗓子沙哑的遗产纠纷中取消了抑扬格，
把它转变成一道空想的象棋难题。

10

这个国家只有一个窗口出售车票。火车
就要进站了。你想象自己在空中居住，
有一个偶然想到的地址，和一个
天文数字构成的电话号码。当你散步
经过保险公司，终生积蓄像搓过的耳朵
来到烈酒表面，也许它们最终将在羞涩
和屈辱的相互忘却之间冻得通红。硬币
或纸币：你不可能成为甜蜜生活的骨头。
眼睛充满安静的泪水，与怒火保持恰当的
比例。河流总是在远方。大地上的列车
按照正确的时间法则行驶，不带抒情成分。
你知道自己不是新一代人。"忘记我在这里。"

玻璃工厂

欧阳江河

1

从看见到看见，中间只有玻璃。
从脸到脸
隔开是看不见的。
在玻璃中，物质并不透明。
整个玻璃工厂是一只巨大的眼珠，
劳动是其中最黑的部分，
它的白天在事物的核心闪耀。
事物坚持了最初的泪水，
就像鸟在一片纯光中坚持了阴影。
以黑暗方式收回光芒，然后奉献。
在到处都是玻璃的地方，
玻璃已经不是它自己，而是
一种精神。
就像到处都是空气，空气近于不存在。

2

工厂附近是大海。
对水的认识就是对玻璃的认识。
凝固，寒冷，易碎，
这些都是透明的代价。
透明是一种神秘的、能看见波浪的语言，
我在说出它的时候已经脱离了它，

脱离了杯子、茶几、穿衣镜，所有这些
具体的、成批生产的物质。
但我又置身于物质的包围之中，
生命被欲望充满。
语言溢出，枯竭，在透明之前。
语言就是飞翔，就是
以空旷对空旷，以闪电对闪电。
如此多的天空在飞鸟的躯体之外，
而一只孤鸟的影子
可以是光在海上的轻轻的擦痕。
有什么东西从玻璃上划过，比影子更轻，
比切口更深，比刀锋更难逾越。
裂缝是看不见的。

3

我来了，我看见了，我说出。
语言和时间浑浊，泥沙俱下。
一片盲目从中心散开。
同样的经验也发生在玻璃内部。
火焰的呼吸，火焰的心脏。
所谓玻璃就是水在火焰里改变态度，
就是两种精神相遇，
两次毁灭进入同一永生。
水经过火焰变成玻璃，
变成零度以下的冷峻的燃烧，
像一个真理或一种感情
浅显，清晰，拒绝流动。
在果实里，在大海深处，水从不流动。

4

那么这就是我看到的玻璃——
依旧是石头，但已不再坚固。
依旧是火焰，但已不复温暖。
依旧是水，但既不柔软也不流逝。
它是一些伤口但从不流血，
它是一种声音但从不经过寂静。
从失去到失去，这就是玻璃。
语言和时间透明，
付出高代价。

5

在同一工厂我看见三种玻璃：
物态的，装饰的，象征的。
人们告诉我玻璃的父亲是一些混乱的石头。
在石头的空虚里，死亡并非终结，
而是一种可改变的原始的事实。
石头粉碎，玻璃诞生。
这是真实的。但还有另一种真实
把我引入另一种境界：从高处到高处。
在那种真实里玻璃仅仅是水，是已经
或正在变硬的、有骨头的、泼不掉的水，
而火焰是彻骨的寒冷，
并且最美丽的也最容易破碎。
世间一切崇高的事物，以及
事物的眼泪。

沙　堡

陆忆敏

走过山岗的
鱼
怎么度过一生呢
长出手，长出脚和思想
不死的灵魂
仍无处问津

做官就是荣誉
就能骑在马上
就能找到水源

为什么沙粒纤尘不染呢
也闪烁发光
也坚固像星星
卡在心头
最接近答案是在井旁
但我们已退化
暗感水的寒冷

美国妇女杂志

陆忆敏

从此窗望出去
你知道，应有尽有
无花的树下，你看看
那群生动的人

把发辫绕上右鬓的
把头发披覆脸颊的
目光板直的、或讥诮的女士
你认认那群人，一个一个

谁曾经是我
谁是我的一天，一个秋天的日子
谁是我的一个春天和几个春天
谁？曾经是我

我们不时地倒向尘埃或奔来奔去
挟着词典，翻到死亡这一页
我们剪贴这个词，刺绣这个字眼
拆开它的九个笔画又装上

人们看着这场忙碌
看了几个世纪了
他们夸我们干得好，勇敢、镇定
他们就这样描述

你认认那群人

谁曾经是我
我站在你跟前
已洗手不干

英国人

王　寅

英国人幽默有余

大腹便便有余

做岛民有余

英国人那时候造军舰有余

留长鬓角扛毛瑟枪有余

打印度人打中国人有余

英国人草场有余

海洋有余

罗宾汉有余鲁滨逊有余

英国人现在泰晤士河里沉船有余

海德公园铁栏有余

催泪弹罢工有余

英国人种的长腿有余

列农的长发有余

狄安娜公主的婚礼长裙有余

英国人也就是行车靠左有余

也就是伦敦阴雨有余

也就是英国人有余有余有余

想起一部捷克电影想不起片名

王 寅

鹅卵石街道湿漉漉的
布拉格湿漉漉的
公园拐角上姑娘吻了你
你的眼睛一眨不眨
后来面对枪口也是这样
党卫军雨衣反穿
像光亮的皮大衣
三轮摩托驶过
你和朋友们倒下的时候
雨还在下
我看见一滴雨水与另一滴雨水
在电线上追逐
最后掉到鹅卵石路上
我想起你
嘴唇动了动
没有人看见

平静的日子

小　君

爱人
今晚你不要等我
让我一个人安静地想想心事
仿佛已经爱了千年
一千年我们都在相爱
爱的日子里
我知道了疲倦
不再像一个孩子
有过多的渴望
我懂得了宏大的悲哀
因为我只能爱你
注定我们只能相爱
我更懂得
你为我走路
已走了很久很久
人流中
你多么孤单
爱人啊
没有狂风了
它早已在一场暴烈的洗劫后走了
再没有了那声响的惊吓
使我们忘却一切
小树苗也已长大
再不柔弱
再不需要在我们的呼吸中沉醉

只剩下我们

平静的日子

深深地依恋

只剩下我们在相爱

爱人

不要再把我等待

我要让遥远

使我的声音和影子都变得柔和

我要一个人坐在阳台上

送走夕阳

为你悄悄流一会儿眼泪

日常生活

小　君

我坐着
看着尘土的玻璃窗
心境如外面的天空
阴郁
或者晴和

没有第一个愿望
也没有其他的愿望

某个女朋友
她要远嫁
另外一个
我很想念她

就这样
我的表情
一会很满足
一会很空虚
像窗外的天空

歌　颂

孙文波

从一九二二年到现在，从欧洲大陆
到我的国家，隔开我们的
是死亡，是一片大海
还有语言，在这个冬天
我是依靠了寒冷和孤独，依靠了
一些经过转换的文字
才听见了你的声音，看见了
你的形容。我才感到我进入了你的精神

迷恋于那些古老的城堡
迷恋于那些来自女人的灵魂的芳香
我感到我们是一致的。这些事物的存在
对于我们是道德的拯救
永远幸福的理由。城堡
那接受撤退的风水宝地
受惠于日月。女人灵魂的芳香
更是我们无法描述的伟大的秘密

我就是这样在贫穷中，超越贫穷
我就是这样在痛苦中
不陷落于痛苦。同样，我看到
我们的精神在不同大陆
相同于最美的事物，像湖泊一样沉静
像鸟儿一样纯洁
我们总是用心灵歌唱
颂扬生和死所具有的强大的光荣

不依靠别的什么，深入自己
不依靠别的什么，我看见你就是深沉的火焰
是黄金和白银，甚至
比它们更丰富
无论是在青春的激情还是老年的平和中
你都深入了一个民族心智的底部
其中的睿智使光辉闪耀
一片山水闪动光芒，直到这个星球遥远的角落

我也看见了你最后的孤独
它们又超越了城堡和女人，它们
造成了你不断放逐自己
自然的风景，荷马和歌德深邃的古谣
都最后离开了你
告别所有的人和事物
你以宁静的态度走进死亡
这生命最后的归宿。让我仅能抽泣

让我想到自己的一切。在这里
在我们种族的苍茫中，更加尖锐的
存在灵魂的冲突
所有值得我们歌颂的，我们都歌颂过了
所有值得我们挽救的，我们都挽救过了
唯一的，还剩下天空和水
这自然永恒的事物，它们是否需要我们歌颂
我听见的声音的回答是：不

回　旋

孙文波

我们知道他走来的时候，已经晚了。
这黑夜中的老人，太阳的另一面，
他带来的不是温暖，而是
过于灼热的光芒，我们看见，
他走过的地方石头像流水一样溶化。
歌唱的鸟伤了喉咙和翅膀，
纷纷从高空降落，或者四处逃散。

在远方，在几重大海相隔的远方；
正浮现出年轻人的呐喊。
石墙围住的地方被彻底推倒，
众人像蚂蚁一样迁移。
并且不是为了一对夫妇的死悲伤，
是彻夜欢呼，他们似乎变得残忍，
但其中找到的是无数残忍的理由。

我们的理由已经丧失了，在城市
信仰耸起的墙已日益强大，依靠它，
更多的人们被告知：一个
十几平方米的家族以安顿全部幸福，
只空出一个广场，在节日
由花朵和焰火点缀。
这样，一切就都会发出绚丽的闪光。

垂死的人的回忆也包括在这里面，
现在已经表明：他们需要回忆；

曾经有过的漫游，曾经有过的贫困，
还有一度是朋友的大不义，
不过骄傲就来自于此；
是可以向人夸耀的金箭一样的财富，
也可以向人射去，使他倒地。

广泛的、纯粹的美好有什么用？
那是舞台上的事情，神的许诺。
神的许诺何时实现过了？
我们还能否这样思想，这样等待？
不能，又把自己的头转向什么地方？
有人已经从羔羊得到了启示；
那洁白的、温顺的羔羊！

铁锤和镰刀、星星和月亮。
这是何等的同样的角度，
与十字架的高度相仿。
它们带来的力量在这里变得坚挺。
使世界的一半可以拒绝另一半。
使这样的话可以成立：
"后退，就是前进。"

别人的前进是什么？是抹去蒙上的羞耻
黄金鹰冠上的灰尘和血迹。
是唤回自己的预言者；
他们离开的年代很久远了，
但他们不屈不挠的智慧，
带来了一个城邦的崇高，
伟大的、让一切边界敞开的荣誉。

更早的哲人是否想到过这些？

转播福音的哲人死时悲惨。
建造天堂的哲人终身无法返回故居。
还有阿尔戈英雄的儿女们，
他们知道黄金之蜜的流淌却无力获得。
在我们的思想里，这些
都是幻影、失败和消失。

失败呵失败，消失呵消失
当精神追逐着精神，还有谁，
能够使溶化的石头重新复原？
使鸟儿再次振翅和歌唱？
没有了。我们灵魂的狂喜又怎样选择？
我们能不能说：焚烧就是光明。
就像赫拉克利特说他醒着看见的一切？

诗　歌

骆一禾

那些人 变成了职业的人

那些会走动的职业

那些印刷体字母

仇恨诗歌

我已渐渐老去

诗歌照出了那些被遗忘的人们

那些被挑剔的人们

那些营地 和月亮

那片青花累累的稻麦

湿泣的青苔 即大地的雨衣

诗歌照出了白昼

照出了那些被压倒在空气下面的

疲累的人 那些

因劳顿而面色如韭的人

种油棕的人 采油的人

那些肮脏山梁上的人 海边闪光的

乌黑的镇子

那些被忽视在河床下

如卵石一样沉没的人

在灾荒中养活了别人的人

以混浊的双手把别人抱大的人

照出了雨林熏黑的塔楼

飞过青蝇的古老水瓶

从风雪中归来的人 放羊的人

以及在黑夜中发亮的水井

意在改变命运的人

和无力改变命运的人
是这些巨人背着生存的基础
有人生活，就有人纪念他们
活过、爱过、死过，一去不回头
而诗歌
被另一种血色苍白的人
深深地嫉恨
向诗歌深深地复仇

女　神
——《曙光三女神》

骆一禾

我如巨人

有神明那样的饥渴

却又浑身滋生陶土　隐藏着你

铸造着飞行的胎体　那美和泥炭的胚子

那呼之欲出的　那旋流的时光　性灵与胸怀

你祝福于我　降生于我

我林立于风暴的中心

大团的气流呼啸

水气和尘埃自我的河流激荡

我怀恋你的地名

你浑身的大火

你手掌上痛苦的眼睛

高高地扬起巨轮

扬起那惝恍亘古的形象

向高空延展

面对深渊　水碾投下漫长的阴影

人类坚韧不拔

或在泥中　或在水中

或在鲜艳殷红的谷子里

我经受群龙无首

乱成惊醒恋人的火山

巨石熔化

闪光的肉体在怒吼中围困

滚动着（火只）爱者与劳动者的汗水

扶助着奔逃

我若是战争

该不会惆怅或登高望远

游魂疾走

我的心情迸裂

并在破犁　原子　花粉或尘埃中

长成夺目的灵魂

如今你碧绿了

你这么年轻

令我仰首遥看

一线清水

便从高广的天空注入我的眼睛

如果说

我爱世界

我本是世界的燃料

那世界也就是我的燃烧

当万物烧灼之时

它不在陷入万物有类的界限

万物是很孤独的

我们都被吞没

而我怎能忍看历史的铜版

沉重地掠夺你曙光般的身体

向你索取　占有和蚕食

并使你在永生中被命运抹平

你活动的颈项

如一弯新月

从围歼中发出一声叫喊——

"我是人

我在这儿呢!"

海像我一样催动

我不停止

疲倦得好像一座城门

我定定地站在天空对面　像一个敌手

一手抓着一捧泥土

泥土是满捧的动物

我将洞开我的熔岩　我的深渊

我心里那通红的

至高无上的原浆

沉思地打开那沸动的煤矿

在火焰中

大块地翻滚　并且露天

我清晰地看到你

对笑像一种干净的动物

一种灿烂的火苗

连贯着完整的　无辜的动作

你站在那里

用生灵的双脚　挥动着

生灵的双手

放下人类的粮食

和民间的水

跳火焰的舞蹈

像夜晚一样入睡

我就是大地上的　炙热的火焰

焚烧着　自焚着

穿过一切又熔合一切　不同于一切

我自我震颤的形态

如冲腾的无物之物

如一团燃烧的、飞旋的子夜

我就是那个叫作：焚

的性命，一道自强的光明

父性短暂　剧烈而易死

我将久久地焚烧着

倾听你的潮声起伏不宁

并把创造中的冲动释放在心脏里

在这齐声呼喊的时候

不能看到理想

我感到阵阵心痛

而伟大的幻想　伟大的激情

都只属于个人

随身而来　随身而去

每个世纪都有人触摸它　由此竭尽

哪一首血写的诗歌

不是热血自焚

我感到地下的千泓清水

在火中炼血

在我的眼神里摇漾

并有千只动物大声奔逸

一种光明的固体　阳光激荡

在我的胸底错杂着巨蹄

把我冲倒

把我碾碎

一片朝霞正汹涌奔腾

把羊群赶下大海

西 川

请把羊群赶下大海，牧羊人，
请把世界留给石头——
黑夜的石头，在天空它们便是
璀璨的群星，你不会看见。

请把羊群赶下大海，牧羊人，
让大海从最底层掀起波澜。
海滨低地似乌云一般旷远，
剩下孤单的我们，在另一个世界面前。

凌厉的海风。你脸上的盐。
伟大的太阳在沉船的深渊。
灯塔走向大海，水上起了火焰
海岬以西河流的声音低缓。

告别昨天的一场大雨，
承受黑夜的压力、恐怖的摧残。
沉寂的树木接住波涛，
海岬以东汇合着我们两人的夏天

因为我站在道路的尽头发现
你是唯一可以走近的人；
我为你的羊群祝福：把它们赶下大海
我们相识在这一带荒凉的海岸。

虚构的家谱

西　川

以梦的形式，以朝代的形式
时间穿过我的躯体。时间像一盒火柴
有时会突然全部燃烧
我分明看到一条大河无始无终
一盏盏灯，照亮那些幽影幢幢的河畔城
我来到世间定有些缘由
我的手脚是以谁的手脚为原型？
一只鸟落在我的头顶，以为我是岩石
如果我将它挥去，它又会落向
谁的头顶，并回头张望我的行踪？
一盏盏灯，照亮那些幽影幢幢的河畔城

一些闲话被埋葬于夜晚的箫声
繁衍。繁衍。家谱被续写
生命的铁链哗哗作响
谁将最终沉默，作为它的结束
我看到我皱纹满脸的老父亲
渐渐和这个国家融为一体
很难说我不是他：谨慎的性格
使他一生平安他：很难说
他不是代替我忙于生计，委曲逢迎
他很少谈及我的祖父。我只约略记得
一个老人在烟草中和进昂贵的香油
遥远的夏季，一个老人被往事纠缠
上溯300年是几个男人在豪饮
上溯3000年是一家数口在耕种

从大海的一滴水到山东一个小小的村落
从江苏一份薄产到今夜我的台灯
那么多人活着：文盲、秀才
土匪、小业主……什么样的婚姻
传下了我，我是否游荡过汉代的皇宫？
一个个刀剑之夜。贩运之夜
死亡也未能阻止喘息的黎明
我虚构出众多祖先的名字，逐一呼喊
总能听到一些声音在应答；但我
看不见他们，就像我看不见自己的面孔

必须弯腰拔草到午后

小　海

男孩和女孩
像他们的父母那样
在拔草

男孩的姑妈朝脸上擦粉
女孩正哀悼一只猫

有时候
他停下来
看手背
也看看自己的脚跟

那些草
一直到她的膝盖
如果不让它们枯掉
谁来除害虫

男孩和女孩
必须弯腰拔草到午后

田 园

小 海

在我劳动的地方
我对每棵庄稼
都斤斤计较
人们看见我
在自己的田园里
劳动，直到天黑
太阳甚至招呼也不打
黑暗早把它吓坏了
但我，在这黑暗中还能辨清东西
因为在我的田地
我习惯天黑后
再坚持一会儿
然后，沿着看不见的小径
回家
留下那片土地
黑暗中显得惨白
那是贫瘠造成的后果
它要照耀我的生命
最终让我什么都看不见
陌生得成为它
饥腹的果物
我的心思已不在这块土地上了
"也许会有新的变化"
我怀着绝望的期冀
任由那最后的夜潮
拍打我的田园

誓 言

戈 麦

好了。我现在接受全部的失败
全部的空酒瓶子和漏着小眼儿的鸡蛋
好了。我已经可以完成一次重要的分裂
仅仅一次，就可以干得异常完美

对于我们身上的补品，抽干的校样
爱情、行为、唾液和革命理想
我完全可以把它们全部煮进锅里
送给你，渴望我完全垮掉的人

但我对于我肢解后的那些零件
是给予优厚的希冀，还是颓丧的废弃
我送给你一颗米粒，好似忠告
是作为美好形成的据点还是丑恶的证明

所以，还要进行第二次分裂
瞄准遗物中我堆砌的最软弱的部位
判决——我不需要剩下的一切
哪怕第三、第四，加法和乘法

全部扔给你。还有死鸟留下的衣裳
我同样不需要减法，以及除法
这些权利的姐妹，也同样送给你
用它们继续把我的零也给废除掉

红果园

戈 麦

家乡的红果园
心灵的创伤连成一片
从哪里来，又到哪里去
家乡，火红的云端
一团烈焰将光滑的兽皮洗染
炉火中烧锻的大铜
如今它熠熠生辉
我手捧一把痛楚，一把山楂
把一切献给广阔的家园
想给燃烧中灼热的胸怀
收殓着苍白的遗骨
家乡，家乡，大河照常奔流
这是烧红的夜晚
夜晚，发亮的血癌
红野鸡嗉子在火光中溅出烈焰

春天母亲

川 河

谁告诉了我们春天　她行走在路上
迎接她的人　还收集了夜色的光　最初的步履
学了绅士模样　害怕没有狗叫　你不是陌生人
打不出我懂的手语　你的祷告　被我们
从墙缝里窥视　现在你一定很通俗了　卷着裤腿
头扎白羊肚手巾　并有黄土　粘贴了面颊
后生娃儿　踩倒了成片的红枫林　碰歪了旗帜
风　依旧从那塬头来过　哼着茉莉小曲
该死的胎记呢　隐于胯下　紧裹了不羁魂灵
寻不见夏初的闪电　六月的眼睛
黑色的眼睛呵　那么顽恋炙热的血流

顽恋　纷飞的落叶　垒高的积雪　穷尽四季
等待酒香逃出毡房　枪声　难道不是枪声
竟使猎物忘却惊窜　回眸莞尔　我虔诚的
劫持过一个影子　被影子液化　和影子拉钩
迷醉在血泊里　作为黄昏的邻居
我佝偻的身躯　习惯于茅舍庇护　我的爱
难道不是爱　苦楝树下纤细的手指呵
绕过寒露时节嫩芽上的枯竭　把两根细长红线
狠狠的　狠狠的　打上了死结
没有人通知我　草木返青的讯息
没有野鸭和我　感知春江水暖
我是好哭的孩子　不知道还能爱上什么
我偏僻的老家　沉重像铁砧一样的老家
固执的守着一条河　白天比夜晚
还要寂寥的河呵　黑衣男子　冗跪不起

向头顶　抛洒花瓣与祭酒　我们的父亲

从未被雨季染润皱褶　对岸的歌女

蜷曲于双腿间的视线　黯然瞟过　鲜活的碑铭

我的牙齿　轻轻　轻轻咬疼上帝的面颊

吐着热浪的贡品　搀扶即将破败的气息

能和我一起　寻找被拐的孩子　那么多的孩子

如果我不时常想起你　谁还能相信

偌大广场　烂漫鲜花　也会吞噬生命

如果我不想你　真会有人相信　死无报应

骂我是狗日的诗人吧　是枯桥　没有流水

演绎风流裸魅　没有花前　绵延月下呻吟

但雏鸟都已高飞了呀　还有什么悬崖　可以

望断羽翼　习惯了流星飞逝的苍穹啊

这一次　就让我在春天的门口　多待一会

我们竭力举起过视线吗　所有丛林

都开始振臂　所有的虫卵　开始发声

所有日子呢　不敢走夜路的女孩

我一直　心疼的眺望你　直到眼眶发热

滴血　还是回去吧　针眼大小的故乡

萎宿在河的臂弯　炊烟　高不过犬吠

离离荒草　还是我们最温暖的衣衫啊

厚厚黄土　依旧端坐在我们的头顶

会有潮汐　奢爱　一只夜莺的歌唱吗

孤独嘶哑的　此刻仍张着嘴　发不出半点声息

谁告诉了我们春天　她行走在路上

流连矮炕的人　把青枝花蕊都扔进了灶膛

整个冬日　只有哑巴在雪地里狂喊

剔除阳光喘息　找不见竹根的蠢动

我不缺少炉火啊　甚至　已温好先秦浊酒

我的子孙们　那么多子孙啊　快乐的融入人流

一定要想念母亲的　把蓝布衣衫湿漉漉的

从冰碴中拽起　晾上篱笆　至今未干　春天
仍行走在路上　母亲吐出了最后气息　我可以
停止泪作倾盆　撬开坚硬黄土　为你掘座新坟吗　母亲

我的早晨

川　河

我不能遗忘我的家
我和太阳一同走在回家的路上
　　　　　　　　　　——题记

睁开眼
牛和我一起走上村外

那个早晨　我没有看见太阳
没有看见
树叶下有光的遗漏
我的眼角　有
揉不尽的眼屎
风中的草丛里
无数的蛛网在游弋

我不知道太阳怎么了
那段时间常不见她的影子
她是不想带我回家的

牛的肚子挺的老大
我知道那里边是草
刚才还在这山坡上站着的草
牛也站着

它抬起头看我的时候
黄昏也看着我

而后我们就一起看着家的方向
它要带我一起
朝那个方向走

淡淡远去的是村落
还有　与我一同成长的牛
它的眼泪山溪一样绵长

那天　我没有看见太阳
没有看见　花蕊上的露珠
在妈妈的眼角悬挂
我出生的时候
就没有太阳　妈妈说

我看到了妈妈的眼泪
布满生命

歌　唱

——经过了细碎的弦琴，从麦地出去轻视瞬间的地位，但不能轻视闪亮的诗意

海　男

1　声　音

已经没有时间安排遗嘱和风
在拂晓的时候，鞋子上积蕴的金属
每分钟都是匮乏，震及石头上隐藏的猫
玫瑰洒在水里，不解的矛盾啊
抽象的镜子，翻过身去
军队和镰刀都插入了辽阔的边缘
具体的梦呵，像一粒流弹
忙碌中最细微的事件，今天被人追忆
草根缠绕，有蝙蝠在畏惧
从一棵雪松的背后传来的一声尖叫
匮乏的目标，也会让人记录
经过鲜血，慷慨的双手才显得安详
像一种圣母的哀伤
与快乐相比，悬挂在处女们乳下的白骨
隐隐销魂的洞穴呵，今天格外颤抖
成千上万的人漂泊在王冠的上面
渎神的袖子啊，像至爱的纯洁那么长

偶尔，同一个声音在收敛巨大的阴影
在往北去的山坡上尚不知晓太阳是否坠地
而寂静吞没了南方的甘蕉林

呼喊移动了树枝的人

盘绕着那摘下月亮和王冠的双手

带伤的嘴，哑口无言

徘徊，填补了消极的精灵们

在无尽虚无的地方涌满的文字

倾向于那个坚实的手势

使它在内部压力的后面露出本质的脖颈

沃土越来越猩红，伟大的轻蔑

像一条凄清的手臂，隔开的洞察力呵

听到草木枯槁，还听到泉水修整倦怠

如此芬芳的气息，卷进

虚弱的怀抱。庭院晨露呵

突然卷入漆黑的村庄

你所结束的思想，仿佛是一种耕作工具

那欢快，变故和月亮

何时会结束？在你点缀的峡谷中

蝴蝶飞来，尽收眼底的翅膀呵

在人们居住的殿宇

相互忍让，变得残冷

成为一滴阴影和血

大量喷涌的柱子，出乎意料地涌入耳畔

啊，欢乐和灌木丛中的柱子

穿越人群，柱子的行为和柱子的痛苦

流亡 或者隐盾，柱子却那么长

柱子在不幸之中仍然结成联盟

沸腾的飘逸，称为阴影的人形

就在柱子周围。人形和柱子都那么长

语言是律法，顺应了坚固的壁垒

留下的戒令呵，是永恒的最高原则

如果死亡怀念海伦的面庞

没有空洞，没有年迈，也没有海伦
在面积广袤的地区
包含着瘟疫和射击瘟疫的阳光
使雨水无法消逝。延缓的春天呵
蹒跚，步履同样拒绝
那在春天的前百露出温雅的语言者
幽灵们搏斗着，渗透万物
幽灵们围在君王和父亲的面前
幽灵们的两手烁烁生辉
美味的中午后，幽灵们恐惧、敬畏
在两条河流中坠落
病如柱子的人们，成为
毒害疯狂的鞭子。普遍的田野上
漂亮的幼童们趋于完善
盘踞在边缘地带的橘树
是一座复杂的庙宇，刻满了字母
令人拜谒的双手，像奇妙的钥匙
发出终结的呻吟，像一根蜡烛
远古时期的人习以为常的友谊
将危在旦夕的母语照亮
晚霞中的歌，赐给你一片
感谢不尽的简朴。预言歌唱之后
羞红的石头，拥有辛勤劳作的主宰
那主宰才是真正的主人
从我们身边经过，稍稍经过
啊，多少冰雪降临，盲人们欢呼
镇静点，再镇静下去
说下去，说下去
咽下去，祈求下去
凭着鱼的颜色计算红色的欢畅时期

多少手指来回沉游

铺一片地毯，悄然去拉响风铃

发出的信札和他们黄色的往昔

爱抚之下，血液无从杀戮荒败的大雨

而眷恋的东西依然妨碍风筝们的飞翔

说下去。他们驶进另一片海滨

和呜咽的老人们料理后事

灾难临头，小麦的晦气迅速来临

粉碎，拍散，最恰当的表示春天逝去

叙述下去

发生烛烟完结时被你重新眷恋的未来

叙述下去

在那些白骨和福音书的忠告中隐退

2 空 地

经过了细碎的弦琴，从麦地出去

轻视瞬间的地位，但不能轻视闪亮的诗意

握着另一双手的心怀

这种空旷的咆哮，容得下任何旅行的人们

平等的形体。剩下穿窿和杰出的梯子

在更远的沙滩上帮助深思的人入睡

花朵渐入梦乡

屈膝在水洼中的长裙啊

花朵做成的长裙

集中在一人身上。积累了宫殿

悲悯的主人啊，理解了沙漠上的水

做好一件事又一件事

汲水的声音从吟唱者嘴里吐出

初夏的情景和繁茂的秋天

难言的美妙压迫人

在渐行渐窄的躯体上认识了竖琴

认识了竖琴就看见了黯淡

在蜕变每一道路和扭曲英雄的孤独

认识了竖琴就剩下了命运

倾斜着，瞌睡着，回到家乡

回到家乡，使教徒们丧失了方向

既踌躇，又伤感

白昼的预言在礁石闪现

在同样的浪花中，神话保留了古典和哲学

渡过河流的人，在阅读

他低声细语的早晨，只要听到他忠告的声音

来者可追。在狂欢的节奏中

俗气的墓碑，迟钝的脸色呵

投向烟的方向。整个冬天

繁荣昌盛，仿佛全人类都看着

那双拔玉米的双手。大半个天空澄黄

四处躲散，聚集而倒塌

仿佛梳成辫子的姑娘

品尝水果的嘴唇

豁亮的窗户，清除不尽的波浪

你不是绕过田园到零落的村庄来

你不是绕过赛马场到安慰它的地方去

哪一匹路边的马不是仍然跑进篱笆

又从如此温暖的严峻中看着人群

在水里游泳，这个地方充满了生气

使大海在尽头赢得了赞美它的权力

你可以明确地表示拒绝

家家户户熄灯时

回到草地。回到草地

头可以直接到达幻景和失去重量的水面

颜色深厚的深水里，头放在上面
在一个靠近暗礁的身体内
你睡过的地方，不是告别和永诀
沿着长长斜坡面临的繁忙和祈祷
清闲岁月中的人们
为了模仿一种剑的姿态
知识传给后代，像一朵玫瑰的流传
玫瑰的活动在高贵的开花时期
曾经为疾病减去了盐碱地
留下了玫瑰的花园
它必将在填补空虚的时代开展那场分裂
由于饥饿，由于更大浩劫的灾难
随着一串串键盘的起伏，我们听到
一本磨灭的法典曾经说过的告别词
覆盖了犹豫、炎热。
惊动你的人啊，小心地
可以放进去又取出来
没有怨言的声音，迎着一片嘘声上去
一生一世的经验，磨损了痛苦
迷恋，淫威，被怀念的恐惧感动

丰美的宴会呵，石头和柱子支撑着你
丰美的宴会呵，歌舞和夙愿怂恿着你
转回头解释，对他们说
昨天淹没的脚趾仍然无法言喻
对自己的安息日说：我无法回想我去过的地方

去过的地方，一次次地失败
倒霉的词尾周旋在一个抽屉深处
淋湿了他们的头发；还要淋湿他们的未来
运载香料的农夫呵，带着降临人世的肖像

再往上，庄严形成冰雪中的废墟
再往上，挂起无数钻石让人体散发健康
再往上，否定了永恒的傲慢

白色的沮丧呵，白色的沮丧呵
绕过成堆的尸体，限定了我们的目光
白色的沮丧属于未来的错误
我紧抱我的书，维持着直立的双腿
白色的沮丧呵，满足了古老的催眠

我们紧闭双唇从蓝色走到沙滩
拥挤着从手臂向下凝望

3　舞

究竟是什么人尾随我走遍东方和西方
春天容易产生患难之交的舞蹈
脱离云霄，传追真理的鞘和利剑
某种东西要进入。痛苦，像一朵花空怀绝望
那些纸筝会老去，阴谋会老去
被冰封的果子酱和宇宙间响起挣扎的声音
渐渐熟悉的声音控制了一座城
跟许多人谈论波浪和头发
繁殖而勤快，记载了被影射的女人
女人们在舞场爱惜年轻的神
善于应变的女人们用锦绣纵横自己的虚荣
手臂，多么长
邀请了岩石上唯一的树
那枝头的花，奋进着，燃烧着
陌生的日子，裙裾被风揪响
直到如愿以偿，增长古老的石屋

吟咏出海水涌到脖颈又从脖颈涌到墓园

怀中杰出的诗啊，在狭窄的翅膀下

才一步一步湿润，吸引了别人的忧伤

在鼎盛年代度过最贫穷的阶段

小溪里，花冠下，端详我的姐妹

为一粒种子也要披星戴月

生气盎然的安居，大好的时光

她报答的方式呵，使人重温旧情

支好白蜡烛，去一次浴池和故乡

多么清醒，古代的美女

云集在蜡烛流完的那一瞬间

除了这个状态，却走不到温馨的深处

除了帮助那个神，使你如释重负

沉寂下来。沉寂下来

冰川上的裂缝呵，劫后便带来岩浆

我们躬身自问，是衰亡还是激流

这红色常泰然自若，把握不庄它的锈迹斑斑

木偶们寻找森林，进攻那古代之城

前额上的阴影，是一种极度的苦难

犹如潜入后又驶出了港湾

启人心智的力量抛在名城和故乡

让谁捧住？那棘手的种粒

然后我们途经母亲的家乡

控诉那遥远的野兽　有一支安魂曲

终无仅有的奔泻在母亲耳畔

母亲的嘴唇呵，突然细察石头上的发缕

永不枯竭，她的衰老和金色的指甲永不枯竭

从令人激动的尺度又开始

跪伏的双膝，专心于你

在两个生者和死者中间，节奏突然优美

善感的读者呵，降临于你
还降临你的婚姻，合理又精破
颂扬订下终身的死期，迎合了弃放的神
教会我们在水域宽阔之地
白昼和黑夜，风中的舞者
那光明的背景，色彩中的严肃呵

旷日持久。痛苦的赞美
你猜不到。你却猜不到支流和大地两侧
是什么人在旅行？是闻名的顺序
在旅行。沿着干枯的暗木在旅行

满身树叶，还表现了睡梦深沉
不知所措的风景呵
蠕动，背弃。才获取全新视野
收藏她的脚，收藏赤脚淌水的距离
对我来说，一幢房屋的天空
繁星点点，赫然眼前的舞者呵
那不可名状的美，杜撰什么？意味什么？
她是尖端上的美庇护什么
我们顺着那个福祉舞者

4 降 临

注视弹唱的生者，小巧的人呵
幽居，忍耐。从飘浮的天宫流来新的福音
告诉你，多年的图像隐约的嘹亮
公正的阴影呵，完整的核心
占据那间出浴的房子
复活又宽敞，浪迹四方
与你同心同德，积雪覆盖天际

穿过亚麻布做成的长裙，过早地震撼人心
在一次聆听之后，手捧乐器
一样恢复，一样机智，加入了血缘关系
在截然相反的两条路上
一边是平原上虚空明朗的花园
另一边是丘陵的老树拂起片片树叶
少女学习押韵，在战栗时
预示天真的大理石上阴柔的河流
饱经怀腹的生命，谁不知道
像一条画廊。哦，和睦的生命
并非死亡之城能够传达
在虚构的沉沦中，我们极早对生活
汲取云雾，那驯服马匹的草原
那是急流和人类进步的源泉
是一幅锦绣展现的镜子
上升着雪碎的光，又构成松树的剧场
海水象征过的女工啊，追逐着
又一次将白色的黄金洒在沉舟下
又一次招呼那白色的敲钟人
毁掉愚蠢的城堡。毁去愚昧的人流
让世界崩裂时出现一滴水
那是水，将闪烁的面庞辉映
一滴水深深垂降，让我害怕

让母子的悲伤一样顿时醒悟
活泼的泉水呵，没有什么乐诸能够实现
世界和秩序，趋近于母体的是哭泣和祷合
而且，是不是急急掠过去
你是否有勇气在荒凉的头发中看那隐秘的情景
和偶像的手握在一起
同他们的恐怖一样走进毁灭的普通人

独居的几座小山，听那更好的丧曲

带你在火焰中游泳

在铜粉和脂痕的图案中变得坚决

致使那些衰亡的人织一层蓝光

和孙子们手挽手

留恋黄昏从歌手中间走过去的先知

带你在火焰中游泳

在火焰中游泳

你的猎狗和口哨声

为着一口墓穴的深度而辽阔无垠

恰似那个通宵从胸前激荡的朵朵白云

在火焰中游泳

用伤心的嘴唇说出你的理由

啊，废弃的一生，我们在火焰中游泳

碧绿天空下的自由人，在过世的迁徙中

忙着飞翔。眼光的宽恕呵

死去还要死去，它那空虚的子弹

敲击危险的废墟。要快些走

要趁着明净的风声吹拂的大路走进银器

要快些走，在不寻常的姿势中迷荡

为着一株向日葵而终身的照耀

那传颂的主题，说出它的奇妙后

孜孜摸索，那个拱状的骨架呵

从紫色片的飞舞中，要集中我们的快乐

机智的孩子啊，刚一出世

就禁不住叫喊，逃进空屋

让流光溢彩分享地下的鞭子

掏空的笔尖遁去了难忘的冰雪

垂直在整整寒凉的古典音乐中

母亲的孩子啊，从膝头走到堤岸

惊叹的诗句鼓舞了一个家庭的环境诞生

5 憎 长

园中散步将碰到荆棘，每一世纪的朝圣者
都吮吸，跨进长廊
越来越大的太阳啊，人类的心脏
来生育，填满那一片黯黑的窗户
那里，在十一月的人海中
猫头鹰蹲在十一月的林子里
带着狂喜出生的基督呵，统一了梦境
是化身，就卷进绵延的冬天
适宜作瀑布，或用巫术预言
难舍难离的真理
围绕那黑的、黄的、孩子的玩具
向前去，扩大了刀的摩擦声音
有一个从未去过的地方
给你一顶永未征服的皇冠
零度的冬天，许多人和许多马
凝视那张好的、坏的……亲密无间的脸庞
在浓烟流窜的路上无止境的损失水和火
尽我们的努力损失熟睡的词语
损失那多余的嘴唇
以及瞌睡、空躯、大名鼎鼎的氏族关系
在一个即将塑为神像的石头上
不是为着暮色去做祷告
啊，你不由自主地相遥或看见断裂的棱子
在接吻的时候，全身颤抖
抽出签来对那份遗产说着拯救的黑暗
其神像仿佛祷告着
那些静脉，吹开了手臂上的腐烂
一层又一层的雪，浓化了婉转的血

星夜像一具摒弃了的网

在出生的骨头游戏中记得那些波涛上岸

一次又一次的出生

作一次孤零零的眺望

数不清羽毛还是时间

看不见是鸣钟还是献祭

给我们去乡间的偶然性

用一次偶然性解决光明或者充满泪水的梦幻

风刮平了敏捷的眼睛上疯狂的欲望

什么时间结束？什么地方结束

混乱的钟声，缠住了谁的衰败

运动的箭，飞跃，用中午的音调

使人愉快。愉快。愉快

舌头卷起来，为合唱而愉快

告诉我。你要愉快愉快

成型的乌云散开，无穷的愉快

定形的静止闪开去，接近那丧失的愉快

引导着笛声进入一千声耳语

如果记得地狱、炼狱、天堂

我们是走在老鼠逃走的大道上

舌头卷起来，舌头卷起来

在此之后我们听得见长笛和竖琴

驾驭着渐渐熄灭的灯光

躺倒在草坪

追逐着美女四散

彻头彻尾的僵局和一个女人的名字

草地上奔腾着新生活

艰难的信仰，接受书斋，接受赞美

揣摩着、抚慰着……死者厌倦的

煦风中，松树和丁香的醒悟
死者剩下的……绿色的钥匙钻进孔去

经浩劫的麦田走去
为一条狭小的山谷中合唱队的人群流过
对所有的人来叙述沟通灵魂之夜的幸福
俯视我们身旁的基础

长大了，成熟了，丰满了
划分的骨头剥落着爱情
田园依然献给圣母和她的遗产
用来折磨阴凉的大理石上白色的长袍
这一切，这个开端，沙子的流浪
再无什么犹豫，充满着眼睛
很多人带着拐杖去找一座婚姻的教堂

6 祷 告

猛然为一只被杀的手臂而心绪黯淡
呼吸稀奇的花香。谨慎小心
擦去玉米地带上不祥的先兆
融近咒语和烤熟的枯树
第一根冰灯上的航程，变得前程无限
棺材与大地结合又疏远
我们都是，我们都是山尖上的教徒
我知道那幕戏剧的运气是一场希望
我们不能指望空洞的年代去奔跑
爬上山岗，有一个婴儿和足够的子孙
鞭笞着骆驼的伤痕，去经受最糟的爱情
流放，然后仍旧是流放镀金的尸车
蒙着修长纱绸和泉水般的梦

流放，在昨天和今天的流放
离开缥缈古城的流放，唱起情歌
我需要说；你就用手蒙住我的双眼
早晨会受到挫折，而中午会阅读巨匠的神话
尘土缩成一层灰，从圣杯到礼节
殃及如痴如狂的悲伤
让家里的人站起来，迎接那主
树林间，我头发湿透，歌曲唱会了一半
去看那绞死的人，音乐轮回
再次出现两种生命的齐鸣
使一个人害怕，两人去仪葬
冬天，我们为著名的文字保留风信子
傍晚想起虽行犹死的情景
然后我们抱头注视那个人
那是谁，岩石上变成蝉化成春雷的又是谁

我见过他的手他的脚
纯粹的臂膊为着思辨一个非凡的名字
在玫瑰园中停下来
拆除了那种矛盾，布置下纸张
空气交融，未来就这样开始
不能回避、躲开。不能叙述一句废话
旧时的子弹是轻轻地来
在拂晓，轻轻的，伴着燕子飞
硕果就这样坠地

池塘边结出的草莓
炎热的棕黄时节招待饥渴的人
镶嵌的画册里有许多常绿灌木
仰起脖领喝水，升起第一扇门
而我看见一个盲人在恢复元气

光明和手指依靠鲜血中的战争
一如往昔，在云彩飘过的地方
开始动人心弦的循环
你决不能阻止他们将手伸进罗盘下面
深邃舞者又把赤脚放在海水花园
多长时间，那距离和星辰
多长时间，耐心汇聚到摧残的脸上
贫乏的冷淡呵，除了抚摸的白光
既不是阳光，也不是漆黑
不是红色。只有带着剥夺的手指
去山岗和河流的仪葬中
只有用手指剥开那道虚无的门
伸进去，我说过的终点将在那里结束
废话将完成。爱情将在那里
降临到冰冷的嘴唇
有一种内核的沉静，一旦我们争吵
将会把布景换下
野草毒和水中的船帆来过
在我们附近，在我们身旁
抛开那种血肉之躯
带着基督，死于母爱的感情
或无数次在老态龙钟的原罪中犯险
直到洪水推响阴郁的钟，我喜欢的那一座岛屿
碰得粉碎。强壮你，绿色的节奏
将传来不可驯服的时间规律
你已死寂。你仍将重新死
你拆开、解散，终将仍被处死
你悲啼、毁灭。等待仍将被处死

从不同的血腥中比较我知道的头颅
警告那些连缀的身影不要触及危险的铃声

宣布第一批沉船残骸的姓名

浅水音乐像片片树叶

路上忠诚的女人飘零在漏水的船舱

拖曳着，永远在裙裾中淹死

而渐渐变老的手指抓不住一颗珍珠

裙裾晒着太阳，同躯体一样无力

拖曳着，实现了最坏的梦

像圣母报丧时的声音，那舀水的人

凋零的呜咽

启发了身后的长发，哆嗦的浓烟

年年自我埋葬，迷信的方式呵

我们仍将前去，信奉那些离家的人伫立的沙滩

我们仍将前去，行动、昏厥在更远的季节

在不真实的惶惑中猜测、暗示、交谈

赞美夜幕来临；我们抛下了鞋子

维持了多少年，那唯美的时间

随着一片白色，死者的名字

不是别人的名字，不是你的名字

7　幻　想

红色，蓝色簇簇落下时

夏天创造了我们，哺育被击败的人

上一个世纪的门前坐满了孩子

他们的面容被水滋润

罪恶悄悄地溜进这个空隙

让它独自去吧，啊，罪恶

每一部落都习惯从草原出发

这是爱，从草原出发去依恋另一部落的亲戚

那早晨，没有地毯上嬉戏的猫

或许就因为这样的还乡

记忆的途径宽阔万里

畅饮事情变得好起来的感觉

事情变得好起来，布匹变得绚烂

才会觉察河流干涸，鲸鱼歇在欲望中

石头才溶化成大理石，让手指抚摸

解脱的决斗场，但是在液体中的两股火焰

启程的忧郁控制了一座鸟笼之城

装有书籍，设计帷幕

梦想一个活人的灵魂与另一个活人的灵魂

修饰着死者，感谢上帝

惊恐地让我们交谈，从空气清澈的地方

调子的和谐，荣誉的错误

在洗涮得干净的台阶中

我们毒化樊笼、神话

游民的开放和对艺术时间的流亡

墙上的斑点呵，她的风景，母亲，儿童

她的热爱之情流动。奇特的圣经故事

荒诞和滑动而去的人呵

将危机推入岸边

你是可知的，但你是一种纵深的现实

看下面的死亡和家庭，不谋而合的道德

产生青春期的淡蓝色繁星

谁都有黄昏。谁都有梦幻曲

谁都有一句名言，在人群中完成悲剧

山峰，树木，水果迁就着光

至高的风格呵

我们用谁的面具刺激情欲，木刻，焦虑

我们想起了自杀，就想起了奔放的原始人

想起了橙色与蓝色，红色与绿色

她们不约而同的征兆

向一个极端呼喊，直至有大小，面积

吸引了宙斯和耶稣，在那声音里一步一步地走

千百万人的声音喊醒了我

你们喊醒了我，激发了我，提炼了我

在你们的核心赞美了我

梦想着一个美丽的城市

我喊着姐妹，兄弟，我们到何处去

马群吃草，天鹅戏游，冰雪降临

年代啊……蜡烛烤热了双手

我们却怀疑告别人世时，我们会说什么

梦将最隐秘的情侣泄露

梦将最珍贵的时刻暴露给老人

梦将蜡烛全部扑灭

梦葬送了严谨的秩序，还葬送了漫长的等待

梦留下的是唯一不接近卑贱和高贵的人

梦的边缘啊，四处是掷黑暗的手臂

8 形 状

卷起阵阵红尘，到处明亮

到了一句话，一个姿态时

一定会有闪电一闪，犹如惊叹号

穿过淡色的外套

后面呜呜叫，前方却消极的翻滚

女人，少年和圣经，老人和礼拜堂

粉红色的碎石无意识地畅通无阻

声调坚决的人们在一片片微微起伏的泥土中

有时冷酷心肠，有时表明枯竭

在那单独的深坑里，在别人的世界中

读一次洞穴的寓言，翻响一部绸面的旧书

或者用秀气反抗死亡，清除废物
孩子为廉价的天堂发愁
祖母蹒跚着去安慰奇妙的诗人
没有上帝剥落了母亲的感情

没有上帝，句子越写越简单、烦躁，轻化
没有上帝，人们一边斑驳，一边咒骂
没有上帝，我们的洞穴幽光明亮
我们怯生生地站在交叉的光线中
现在线断了，唯一的羽毛飞起来
陷进去，被埋葬，迷宫并没别的青春
白天也是黑暗的出生之地
一瞥一挥，记住那地方满布微粒
从小圆洞里可以看清比空气还轻的翅膀
冒失的鸟习惯在旧的村庄飞来飞去
灰蒙蒙的早晨，让它记住那地方，让它飞着去
随手稳住枪管，夏夜的少女捧着水果而上
野鸽没有倒下，麦穗没有倒下，少女要倒下
漂亮的少女要从最高的梯级中爬到中级
来到初次的三角形地带，一头栽下
这是猎枪的效果，是没有上帝的年代
心中的照射，是我们的性爱
射伤的、玷污的、创造的态度
经历了长久准备，惨如地狱
骨骼中的黑色肉体在跳动
只有人，只有个人，只有靠一个人
才会压碎，永不改变黑暗
一个准确的死士招呼你
往下吸住你的腿
追溯到那耶路撒冷事件，并面对四月的寒冷
然后。等待多久，直透进衣服里

四月寒冷的火苗……更猛烈的火苗

在杂草，山岗和果园的草滩上

又会有一路村庄

像一柱灯光，一种柔软的心情

征服一个热情女人的阴影

征服一个忧郁女人的面孔

再开一枪，仍然会看到一路村庄

排列着，旋转着亮晶晶的沙石

在一个适当的时候，一群人又一群人拂面时

满面的悲伤都概括一起

我们要去的可能性越来越明确

有人识别了石头，但却不会认出我们

9　情　感

如果一个人第一次去看一座雪山

她能活多少年？谁送来的香蕉果

几束橘子色的光彩候着锋芒和棱角

如果一个人自己活着从不跟随有风景的人

去认识南部和西部的河流

撒下湿漉漉的葡萄为干旱的人们

带去活着的理由。女人们为什么沐浴

夏天为什么让冬天吃惊

夏天的挽歌为什么愈来愈密集

按照多年的一个公园，一个湖

等待我的兄弟和同类

善良的眼睛？记忆和欲望的东西

那样渺小，健忘的诗人们忘记那支曲

说到底，看到底，待到结束

笔尖在链条中怀疑

女人们为什么沐浴
潮汐为什么变蓝变红变成白色
女人们为什么卷起长袖，去沐浴，去沐浴
水声合唱，女人们因为要沐浴
水声会从古老的爱抚下流到哀鸣
水声因为女人们的沐浴分开了死者的姓名
女人们躺卧着，有的是时间沐浴
煦风吹，很多人都从水中跃起
引诱，温柔，虽然我们到了年景的晚期
袅袅香气拨动水里的草叶
凉爽顿时从同类的脊背升起

在中国最南的一座城
死亡和理解都是非死不可的，他们非死不可
包括母亲和父的一幢房子
坐落在玫瑰花丛中的第一片空气中
凝结着水和水的牺牲
包括母亲和父的金戒指
在那里，昨天曾是祈祷的花园
香蕉和青青的石头
弥漫的唱词，合唱队的黎明
在五月的雪片中染红了他们的房子
移开的石头曾经用来围起母亲和父的乐园
如今，那里是洪水流过的村庄
对那些最南部边疆的大多数人
成群的情侣预示着将来的寒冷
虽然剔净沙粒，空气漂流
我看见过的象牙瓶子突放异彩
老人要活下去。少女要活下去。儿子要活下去
想想看到那一幕，摸着他们的手
抚慰他们的乳房。搅乱了，覆盖了
又回来。

成群的情侣预示着将来的死亡

10 秩 序

去吧
真去到那里就有了好的开端
去吧
靠着这一点就能赎回自己的热情

尽管我们抵达的地方烟飘得很远
换上新的冬装大衣都舒畅、悲观

烟飘得很远
去吧。不能掐死的是那脖颈
不能轻易地相信她的决心和智慧
烟飘得很远

恢复我们和现实的关系
那双眼睛试图给予那双手勇气和方向
烟飘得很远
飘得很远
雪白，粉红，克制的蓝色

去吧
侧耳细听
隐藏住另一件事
不仅想从北方到南方去
还想保持最大的谨慎
进一步明白西方和死者的关系

那匹马容纳了我们许多年代的谎言

去年春天，在草原上
诗人们意识到冬天的可怕

去吧
各种细微而密集的恻隐之心
依稀分辨出第三个人的脚步
我们根本未曾想过的困境
奇迹般地开始于那种微笑
她在这些命运里
越来越牢固地拆开一个链环又控制一个链环
我小心翼翼地看见
目光清澈时
好像偶然经过那乡村的建设时期
为了离那只白色的杯子
更近、更遥远、更亲切
我要死于海滩，死于那一刹那间的悲伤
我要死于常有的事，或者是午后
死于悠然的空楼，或者在傍晚
死于那个环境。
或者死于海滩之后的水
为了一个天使的障碍

但到底是哪一种障碍
什么时期？守着天使的路
我们是拒绝还是迷路

去吧
这是肯定要死的一个人
这是未来记忆中的一个死者
去吧
要在约定的昏暗中去死

从清晰而有规律的水流声中
看清楚死者的意义
去吧
跨进门槛就像进入村庄
疾步如飞却让人放心

11　奔　跑

没有歌曲？但有一次奔跑
绕过运动的起点，葵树的灿烂
在细节的失误中鼓舞了我们的秘密
没有歌曲？
我想奔跑。我想奔跑。我想在午夜奔跑。
我想奔跑。
绕过前面的门却又回到后门
让我怀疑有没有一个人
翻开一本书。在词语中格外小心
有没有一个人在房间里读书
冬日的雪必须是秘诀
冬日的雪必须真正变化
幼童的哭啼传来，树叶毫无倦怠
有没有一个人累了，困了，被迷惑着
有没有一个人用手指着冰雪
有没有一个人在雪地里读书
铸成大错，再继续深入
到十八岁的那棵小树前蹲下
我说过的话，我说过的话
伤心地强调着风险和恐怖
铸成大错，再继续深入
我说过的话，我说过的话
再三强调那种晚年的记忆

窗前的花瓣从风中一落千丈
我说过的话从此将不断加强
加强那种幸福还将加强那种陷阱
对于这一切，比头发更加孤单，害怕颓废

垂头丧气的形体呵
一个紧挂着一个。害怕神圣，幻想
童年的诗人
但那紧挨着你的琴
却注定承受我的骨头
却注定代替我正在颓废的空气
歌唱以日日夜夜的纯洁
削弱了那排枪声
缅怀那日午前父的美貌和爱情

缅怀那日午前父的美貌和爱情
缅怀那冬的沦落和雪的征兆
缅怀那向外流淌的变化和冰雹
缅怀那日午前父的美貌和爱情

12 美 人

夏天的回忆不同凡响
裹着树叶的露水一身轻盈
还带着旷远的威严和惊叹
那三叶的片儿轻轻旋转
旋转在每只新的鞋和旧的鞋下
不缺乏和弦和音韵，不缺乏教育和赞美
细节中增添的画笔呵
她的光辉在逐渐下降
只降进低垂的头发和嘴唇里

是那不断的下降，下降

只下降在通红的云层

下降在没有夜滚动的午夜

只下降在她缺乏的思考中

那影子又在集聚、纵横、飞逸和挑衅

她的理性和剪刀一样明锐

她的头微微下降

是那不断的下降，下降

粉红的饥谨，睡意的兴奋

在上方颤抖。每个字和词的快感

都晕眩、昏迷、炉火从夏天袭击

仍然有人在珍藏，像迷恋一阵晚钟

踱进金子的旧貌中，感动整个北回归线的人们

从遥远的声音中可以分别美人的声音

汲水的脚步来了，她们的睫毛

用最大的汇集给你热情，忧郁，冰冷

跟随她，我们一起走

跟随她的任何一次转折和平静

每一次都是殉道和流失踩在水上

每一次都是不停顿的在返回的路上

回想起树林里，浅水上的反映和空气

它们的紧张，挑剔和自私

就再一次次地困住冰雪的降临

踏着冰雪和阳光，像百年前上午的婚姻

她那冰雪的美，面对现实和解放

她那冰雪的美，使我们轻蔑

她那冰雪的嘴唇，统治了整个百年的大教堂

冰雪之美赶上来

消失在一个村庄又越过一条小河

肃穆又启程，走远了

接着是古代的遗地、祭台、教堂和广场
这个快乐就是离家的标志
这场冰雪就是家带来的满足
美人有五彩缤纷的内心
移动一件件石榴色的衣服
闪进它的冰雪之中
她的决裂和控制占领了谁
所有的时间转回来
这是田野和树林
这是冰雪裹起来的美人
她那冰雪的美

她那冰雪的美
统治整个百年的大教堂

花园（组诗选二）

海　男

第一首

我的最大愿望就是到一片没有语言的地方去。
从《花园》出发，我可能永远不会回到从前的地方。

伸过来了，把它藏起来
小心翼翼的嘴唇呀，它安顿了我们的话语
从现在开始，我们准备好出门的条件
要带的东西是沙子，永远要带的东西是人
每个人是旅行的前兆，我们总之要出门
我们要出门。到什么地方去呢
我打开了音乐，风顺着什么吹来
吹来了。但不在屋外
到有音乐的地方去，我们要休息
事物就是这样开始的，我们发展它
好呀，我们从一开始就是种子
音乐来了，冲击耳朵
什么孩子探出了头

什么样的猫在雨地里追击它
总之，保持矿泉水的纯洁有多重要
就像留住一个人的名字
保留住我的习惯
在旷远的地方呼吸青草的奢侈

这就是农夫们的庄园
这就是孩子快乐的原则
我欢迎这条特殊的泉水
我们几个人，除了我的情侣不加入
这个家庭，除了孩子，饥饿的孩子
我们都空悬下自己冰冻的信纸
开始这内含的意义
紫丁香从井水的栏杆上飘来
不同于虫子的飞舞，区别了蝴蝶的翅膀

第二首

直到下午和深夜都在商量
家庭是一种吸引，晒在海水里的鱼
太轻了。我们汇聚着抛弃，割舍过的灯光
火焰呀，小心我们手指边的火焰
留神呀，增强了信心的爱情
芳香迎着敌意依然会上升
只有我们的秘密始终在下面
在衣服的内层，像海里的盐
过来，过来呀！藏起来就能够奔跑
去看一位你的母亲
她的木屐和飘带
都对着镜子。冰雪会封住镜面
那时候，衣服出现在眼前
我们的衣裙丰富、华丽
你适宜穿那件被镜子照亮的衣服
去吧！拿过来
针线和尺寸都一波三折

大海就那样丧失了悲伤

寻找一座铜像

杨　然

来自深深的记忆小巷
卢沟桥的炮声召唤我，在远方
隆隆沉重，如父亲夜话的叹息
沿着入城的路，走了很久很久
我带着鲜花和诗集
去寻找一座雕像，一位抗日的冲锋者

在以芙蓉花命名的城市里
询问许多陌生的老人，走过许多陌生的路口
父亲，你夜话中的"无名英雄像"在何方？
哪里去了，那个抗日的战士
他持枪向前冲，背着草帽，穿着草鞋，哪里去了？

孙中山依然坐在春熙北路
握一卷读不完的书
繁华的季节，有他设计的国服
与太空服港式装汇成多彩的人流
而我寻找的另一座
无名英雄的铜像

青羊宫，三月花会，他也不在那里
青羊的铜像，不啃青草也悠然活着
菩萨，观音，享受盲目的香火
大肚罗汉不分信神不信神都对人空笑
笑得那么自信，搬不掉，摧不倒
而那个抗日的战士哪去了？草帽和草鞋，

无名的英雄哪去了？

不完美的城！恢复了音乐舞蹈
召回了传统名吃，却不能还我战士的铜像

其实，只要每个公民想起卢沟桥的炮声
就能使他复活，增加城市的豪气
补充飞翔的感觉，鼓动冲锋的欲望
我幻想我寻找的无名英雄就在不远的路口
每天，接受少先队的颂歌，献花，敬礼
当白天太拥挤，他从像座上走下来
参加沸腾的队伍，黄昏后下班归来，停留
在街心，悄悄还原成铜像，去回忆美术家刘开渠
当年怎样塑造了他。也许，他不相信
自己曾被人塑成铜像
以为英雄乃是别人，不可能是他自己
甚至，他也在寻找传说中的铜像
啊，我寻找的无名英雄真的活了……

不！我听到另一个可怕的传说
说他被砸成碎铜，熔成铜锭，生硬，僵冷
说不定有几串钥匙就用他的指头铸成
他的断指被人用去撬门，打开闪光的箱子
啊，英雄将永远无名了
那些铜会发烫，烫出金属的呻吟

我徘徊在十字路口
维护交通的老人见我恍惚若有所失
便问："丢了钱包么？或是迷了路？"
叫我怎么回答，那个珍贵的失落
我摇头，点头，又摇头，又点头

猛然发现，这老人真像英雄的父亲
但是，谁想到把他雕成铜像？我不能
我只能告别芙蓉城，不完美的英雄城
我昂起头，走向来时的远方
走向这首诗的结尾，听那沉重隆隆的卢沟桥的炮声

麦粒境界

杨　然

我的眼睛闪烁在
水里
悠悠沉浮黑甲虫

肤色散布在空气中
阳光辗烂了
热风粉末了
最响亮的正午
打麦声在四周乒乒乓乓
目光分裂成千颗万颗
影子被点点金色打落

我的呼吸飞扬在
尘埃
麦粒反过来纷纷打我

肉体都蒸发了
渗透在广阔的麦地
筋骨软化，透明
不再具备人字形
渴望崩溃为空洞
像黑甲虫深奥的自由
随便在麦地倒卧而睡
我实在太累太累

视野逃离瞳孔

关闭
阳光比任何时针还尖锐

裸露黑色的喜悦
生命被麦草嚼碎
水里扭动细微的幼虫
黑甲成了巨人的躯壳
而在黑甲虫眼里
我，该是何等高大的鬼神？
而在太阳眼里
我又是显微镜下的细菌
银河系眼里太阳是麦粒
而在宇宙眼里银河系是蚂蚁

我安宁了
我小，有生命比我更小
我大，有世界比我更大

认命了自生自灭的麦粒
眼睛遍布于水珠
我的生命照亮树子
吸入秧茎
打麦声片片熄灭后
我被萤火虫一滴滴点燃
在麦粒中接近无限
我和麦地融为一体

沉默的路流动在天空
星月
光辉从此收留了我

我在一颗石榴里看见了我的祖国

杨　克

我在一颗石榴里看见我的祖国
硕大而饱满的天地之果
它怀抱着亲密无间的子民
裸露的肌肤护着水晶的心
亿万儿女手牵着手
在枝头上酸酸甜甜微笑
多汁的秋天啊是临盆的孕妇

我想记住十月的每一扇窗户
我抚摸石榴内部微黄色的果膜
就是在抚摸我新鲜的祖国
我看见相邻的一个个省份
向阳的东部靠着背阴的西部
我看见头戴花冠的高原女儿
每一个的脸蛋儿都红扑扑
穿石榴裙的姐妹啊亭亭玉立
石榴花的嘴唇凝红欲滴

我还看见石榴的一道裂口
那些风餐露宿的兄弟
我至亲至爱的好兄弟啊
他们土黄色的坚硬背脊
忍受着龟裂土地的艰辛
每一根青筋都代表他们的苦
我发现他们的手掌非常耐看
我发现手掌的沟壑是无声的叫喊

痛楚喊醒了大片的叶子
它们沿着春风的诱惑疯长
主干以及许多枝干接受了感召
枝干又分蘖纵横交错的枝条
枝条上神采飞扬的花团锦簇
那雨水泼不灭它们的火焰
一朵一朵呀既重又轻
花蕾的风铃摇醒了黎明

太阳这头金毛雄狮还没有老
它已跳上树枝开始了舞蹈
我伫立在辉煌的梦想里
凝视每一棵朝向天空的石榴树
如同一个公民谦卑地弯腰
掏出一颗拳拳的心
丰韵的身子挂着满树的微笑

这个夜晚

赵 野

这个夜晚，写作
成了心病
词语如乡愁
好多莫名的思绪
像低烧带来虚无

我关掉所有的灯
点燃蜡烛，这时
我看到了大雪覆盖的
木头房子，里面
烧着宽怀的柴火

那近乎神圣的光芒
让我的额头发烫
我说，就这么简单
如果这火焰
永不熄灭，我就会

把诗歌写得温暖
和幸福，仿佛星辰
闪亮的大海，以及
海面上吹拂的
一阵清风

字的研究

赵　野

整整一个冬季，我研读了这些文字
默想它们的构成和愿望
我把它们放在掌心，翻去覆来
如摆弄水果和微微锃亮的刀子

它们放出了一道道光华，我的眼前
升起长剑、水波和摇曳的梅花
蓝色的血管，纤美的脉络
每一次暗示都指向真实

我努力亲近它们，它们每一个
都很从容，拒绝了我的加入
但服从了自然的安排，守望着
事物实现自己的命运

炫目的字，它们的手、脚、头发
一招一式，充满对峙和攻击
战胜了抽象，又呼应着
获得了完美的秩序

生动的字，模仿着我们的劳作
和大地的果实，而在时光的
另一面，自恋的花园
蓦然变成锋利的匕首

准确的字，赋予我们的筋骨以血肉
点燃我们灵魂的火把

冥冥中它们大胆的突进，成为我
悲伤生命里唯一的想象

规范的字，毗邻我们出生的街道
昭示我们命定的一瞬
多少事发生了，又各归其所
那历史的谋杀壮丽而清新

沉着的字，我们内心未了的情结
穿上童年的衣衫
战士步出东门，刀戟砰然
而城楼悬挂着乌黑的镜子

哦，这些花萼，这些云岫，我的
白昼的敌人，黑夜的密友
整整一个冬季，我们钟爱又猜疑
我们衣袖或心灵的纯洁

此刻，流水绕城郭，我的斗室昏暗
玉帛崩裂，天空发出回响
看啊，在我的凝视里
多少事物恢复了名称

它们娇慵、倦怠，从那些垂亡的国度
悠悠醒来，抖落片片雪花
仿佛深宫的玫瑰，灿烂的星宿
如此神秘地使我激动

我自问，一个古老的字
历尽劫难，怎样坚持理想
现在它质朴、优雅，气息如兰
决定了我的复活与死亡

一个汉子

邓　翔

一个汉子抽着烟
皮肤呈青铜色，既坚硬却表面柔软
望着田野尽头，山坡边昏暗的云块

这麦田是纯粹的黄
麦秆又负沉重
弯着细细的腰杆，一言不发

这点了火的土地，深红色的潮石头
与黏合在它上面的小巧柏树
我闭上眼睛就想起
犹如触到某中树皮样粗糙的东西
汗水顺你的面颊流下
仍睁着眼睛，嘴张着，喘着气
挑着玉米，在黄角树下停歇

让你的女人去上山割草
你的孩子睡在垫有稻草的筐子里
而现在，你在想去年十月那成熟的季节
牛粪那潮湿气味，蓝色的天空在木板房上
折下稻草吸着气
你躺在稻草堆里，几乎被稻草淹埋

讲个故事吧！

邓　翔

讲一讲麦浪伏山野飘动
金色的，纯属奔放和愉快
榆树下阵风吹来
那沙沙声，那细小叶片
你的孤独和飘散的头发

讲一讲炉火熄了
我们仍围着炉旁轻声交谈
大雨又怎样把麻雀的家一个又一个毁掉
还有那月光下寂静的瓦房、树枝、水洼
和一片又一片内心重叠的阴影

讲一讲做爱和欢乐
沥青路和打了霜的草
我踢着石子回家，悠闲地
享受尽了胜利

讲一讲吧，那许多眼睛
清晨因雾气而润红的面庞
孤独了一年又一年的山谷
南方原野上那红色的大石头

英雄挽歌（组诗七首）

潇　潇

一、英雄泪

深夜，一个英雄在酒中
泪流满面

心碎了
比痛更锋利的碎片
砸破了夜的眼球

回头望望
半生的经历千锤百炼
在刀尖上落脚
在盘根错节中鏖战

其实，真正的战争
来自你至亲至爱的人

习惯于寄生和附庸的心
品尝一次变故
就让亲人与仇人
在界限上模糊不清

像一场
十指连心的撕搏

二、夏天的匕首

深夜，儿女情长
一个英雄
肝胆相照

头顶千斤，脚踏
流言蜚语的牺牲

夏天，夏天
这把世俗生活的匕首
亮晃晃地刺中了心脏

一个生在今天的英雄
一颗火焰上悬挂的心
注定让从前的疆场成为往事，变冷

只能在活的路上疼痛
在死的边缘欲生

三、在剑上

一个英雄，在剑上
爱得死去，却不能
在情的双刃上
活得回来

手心手背都是血肉
动一动手指，哪一根神经
都能触痛伤心

气冲云天的搏杀啊
是一场注定悲凉的战争

四、死亡的猎物

一个英雄
被岁月卡住
落进秋天的虎口

比一只困兽
更孤独，更无助
更像死亡的猎物

一个英雄
即使在火星上心碎，绝望
也能听见往昔的牙齿
恨得咯咯作响

五、骑上破灭的光辉

一个英雄
骑上破灭的光辉
一头栽进生活的漏洞

撕开的伤疤越长越大
让亲人和亲人反目
情感和情感开战

在耳濡目染中事与愿违
在月亮和彗星上骑虎难下

一个英雄，内心如麻
贴上时间的补丁
退出经验之外，爆发了革命

六、下午，摧毁

下午，被一场秋雨
纠缠得死去活来

一个英雄
撞击痛楚的深渊
看见内部的闪电
劈在十层楼上致命

某种情绪
带着雷声，带着雨点
带着迷失，带着刀尖
黑漆漆的，无能为力

一个英雄
站在命运的对面
还来不及长痛
就在短恨中摧毁了一切

七、心里有烟

一个英雄，从骨头里
取出氧气，取出透支的暗伤
内心硝烟弥漫
一支蜡烛，怎能挽留

整整一个夜晚

他退到撕心裂肺的深处
退到一滴逃跑的泪中
退到一扇生锈的门后
退到时间的鬼脸上
打开九死一生的天窗

抚摸墙壁

丁　当

往往因为需要更好的心情
我对一枚大头针微笑
我对准微笑微笑
并把手掌贴在墙壁上面

但这不仅仅是一种心情
还有更多的东西尾随其后
比如健康，比如快乐的生活
犹如这面墙，坚实而光滑

任何时候，它都是一面墙壁
既乖巧，又顽固又靠得住
它什么都不知道，不像我
什么都不知道

我不善辞令
毫无诡计，愚笨，没有耐心
却梦想快乐
把手贴在墙上
简单的姿势
更多的东西隐藏其中，难以言喻
难以启齿，难以下决心
戏剧性的死去

房 子

丁　当

你躲在房子里

你躲在城市里

你躲在冬天里

你躲在自己的黄皮肤里

你躲在吃得饱穿得暖的地方

你在没有时间的地方

你在不是地方的地方

你就在命里注定的地方

有时候饥饿

有时候困倦

有时候无可奈何

有时候默不作声

或者自己动手做饭

或者躺在床上不起

或者很卫生很优雅的出恭

或者看一本伤感的爱情小说

给炉子再加一块煤

给朋友写一封信再撕掉

翻翻以前的日记沉思冥想

翻翻以前的旧衣服套上走几步

再坐到那把破木椅上点支烟

再喝掉那半杯凉咖啡

拿一张很大的白纸

拿一盒彩色铅笔

画一座房子

画一个女人

画三个孩子
画一桌酒菜
画几个朋友
画上温暖的颜色
画上幸福的颜色
画上高高兴兴
画上心平气和
然后挂在墙上
然后看了又看
然后想了又想
然后上床睡觉

火 车

于小韦

旷地里的那列火车
不断向前
它走着
像一列火车那样

我的日子是最闲散的

刘漫流

在那些穿制服的标准诗人中
我是不穿制服的
当他们纷纷投靠国家机关
成为一名小公务员或派出所警察之时
我宁可去做间谍
利用相互之间同行兼兄弟关系
读读他们的诗
刺探一点当代诗坛的军情匪患
我的顶头上司是苏东坡、李白和屈原
我们常常各忙各的
彼此失去联络已经很久
偶尔在月下碰个头
用一壶美酒作为接头暗号
在鲜花与女人的簇拥下交换情报
而与更老的诗人更远的日子相比
我的日子是最闲散的

大地图

刘漫流

大地图覆盖了大地
被海浪打湿一大半
剩下的土地和人民
也已被我一一绘制与晾晒

我的工作就是绘制一个1∶1的世界
但是作为绘图员
我却无法在一张世界地图上
为自己安排一张小写字台

阮籍来信

宋 琳

不彻底是我的护身符，因为我厌烦。
瞧我每天与之周旋的都是什么样的物类？
剑，不祥的宝贝，倚在天外，就让它倚着吧。
谁若比我更矛盾，谁就配得上与我对刺。
君子远庖厨？可我最喜欢的地方是厨房。
我吃着，喝着，苟活着，时不时玩着
佯醉的把戏，抱住酒这个人间最美的尤物。
我好色，但觊觎邻人的美妇让我齿寒。
虱子愿意待在我的裈中就让它待着好了，
我的躯壳不也一样，曳尾在泞溺的世界里。
小东西总是让我着迷，何况嵇康死后
宇宙自身也在迅速缩小。从桑树飞向榆树，
鷃雀的羽翼又短又笨拙，却已量尽生死。
我爱庄周，但黄鹄飞得太高，不适合于我，
在这个逼仄的时代，我的形象就是尺蠖。
虚弱，失眠，哭穷途而返的岂止我一人？
别再相信那些关于风度的传言了！我憋得很，
只想在野外独自待着，解小便，透一口气。
从苏门山归来，孙登的长啸萦回在耳际，
我大概成不了仙，把自己埋进诗里却难说。
也请你别再提什么五石散的妙用吧！
昨夜，我梦见与一只猩红的长臂猿搏斗，
我输了，冒汗，被压得喘不过气。吉乎？凶乎？
果然他又来了，那虚伪的同行，佞幸的侦探。
我只能收拾起坏心情，将青白眼转动。

特丽萨嬷嬷

默　默

你把一粒米分成五十亿分之一
喂养我们
特丽萨嬷嬷，你走了
我们又饿了
你把一滴水分成五十亿分之一
滋润我们
特丽萨嬷嬷，你走了
我们又渴了
你把一生分成五十亿分之一
温暖我们

有了你，特丽萨嬷嬷
我才为地球感到骄傲

蝶恋花

臧 棣

你不脆弱于我的盲目。
你如花，而当我看清时
你其实更像玉；
你的本色只是不适于辉映。
你是生活的茬子，
害得我寻找了大半生。

你不畏惧于我的火焰，
你发出噼啪声时，
像是有人在给
我们的语言拔牙。
而你咬疼我时，我知道
我不只是成熟于一块肉。

你用更多的怪僻
将我的人格彻底割裂，
你认为结局中
还有被忽略的线索。
你不仅仅是尖锐于我的隐瞒，
而是尖锐于我们全体的。

你不如你的正直，
正如我不如我的老练，
我偶尔会踉跄于你的转弯不抹角。
我弄潮于你的透湿，
而你不服气，因为那里的海浪

不是被蓝色推土机推着。

你不简单于我的理想。
你不燃烧，你另有元气。
你的轮廓倔强，但也会
融解于一次哭泣。
你透明于我的模糊，
你是关于世界的印象。

你圆润于我的抚摸——
它是切线运动在引线上。
你不提问于我的几何。
你对称于我的眼花，
如此，你几乎就是我的晕眩；
我取水时，你是桌上的水晶杯。

你尝试过各种
谨慎的方法，也不妨说
你紧身于清瘦之美。
你好吃但不懒做，
你的厨艺差不多都是
跟我学的，但你更成功。

你也成功于他们的混乱，
他们的神话。你甚至
骄傲于他们的全部困惑。
你拒绝利用他们的浑水，
虽然你酷爱摸鱼。
而他们的常识，你说，呸！

你多于我的丰收，

正如你用你的本色
多于我的好色。
你似乎永远少于我的碾磨：
你是比药面更细的品质；
如果有末日，你就是根治。

你不小于一，但你
仍然是例外。你结合于
我的高大，在枝条上颤悠时
如秋风中的鸟巢。
你只是不飞。你善走极端，
好像极端也是一条旅途。

你美于不够美，
而我震惊于你的不惊人，
即使和影子相比，你也是高手。
你不花于花花世界。
你不是躺在彩旗上；
你招展，但是不迎风。

你不是在百米开外，
你就近于他们所说的远方，
而我冲刺时，发现
蝴蝶在拖我的后腿；
我忿怒于前腿同样不准确，
不能像匹马那样腾空。

纪念王尔德丛书

臧 棣

每个诗人的灵魂中都有一种特殊的曙光
——德里克·沃尔科特

曙光作为一种惩罚。但是，
他认出宿命好过诱惑是例外。
他提到曙光的次数比尼采少，
但曙光的影子里却浩淼着他的忠诚。
他的路，通向我们只能在月光下
找到我们自己。沿途，人性的荆棘表明
道德毫无经验可言。快乐的王子
像燕子偏离了原型。飞去的，还会再飞来，
这是悲剧的起点。飞来的，又会飞走，
这是喜剧的起点。我们难以原谅他的唯一原因是，
他不会弄错我们的弱点。粗俗的伦敦
唯美地审判了他。同性恋只是一个幌子。
自深渊，他幽默地注意到
我们的问题，没点疯狂是无法解决的。
每个人生下来都是一个王。他重复兰波就好像
兰波从未说过每个人都是艺术家。
伦敦的监狱是他的浪漫的祭坛，
因为他给人生下的定义是
生活是一种艺术。直到死神
去法国的床头拜访他，他也没弄清
他说的这句话：艺术是世界上唯一严肃的事
究竟错在了哪里。自私的巨人。
他的野心是他想改变我们的感觉，就像他宣称——

我不想改变英国的任何东西，除了天气。

绝唱就是不和自我讲条件，因为诗歌拯救一切。

他知道为什么一个人有时候只喜欢和墙说话。

比如，迷人的人，其实没别的意思，

那不过意味着我们大胆地设想过一个秘密。

爱是盲目的，但新鲜的是，

爱也是世界上最好的避难所。

好人发明神话，邪恶的人制作颂歌。

比如，猫只有过去，而老鼠只有未来。

你的灵魂里有一件东西永远不会离开你。

宽恕的弦外之音是：请不要向那个钢琴师开枪。

见鬼。你没看见吗？他已经尽力了。

他天才得太容易了。玫瑰的愤怒。

受夜莺的冲动启发，他甚至想帮世界

也染上一点天才。真实的世界

仅仅是一群个体。他断言，这对情感有好处。

因为永恒比想象得要脆弱，

他想再一次发明我们的轮回。

草地上

姜　涛

1977年，几个坏人早被揪出
高考选拔了其他类型
举国蝉鸣替代了举国哀音
落榜的小青年只能在床上出气
一些人因此被草草生下
遗传了普遍的怨怒和求知欲
等他们长大，长到才华不对称身体
失意的双亲已去了深圳
已去了海南：面朝大海，打开电扇
没有一场广泛无人赋闲的革命
没有轿车吹着冷空气
开过万物竞价的热带海岸
谁也不会轻易北上
30年后，因了一笔拆迁款
才有了看望下一代的本钱
等到他们辗转着，从天行的轨道
滑落入这数字的小区
却吃惊地发现草地上，早已布满
晃动小手的新生儿
我知道，他们皱着眉头
其实只是缩小成侏儒的祖父母们
已懂得背过身去示威
已懂得将尿湿的旗帜漫卷

三姊妹

姜　涛

在人流中，她们打开手机的样子
像打开初春的头一片嫩叶
从倒挂枝头的会议室到退休部长
荫凉的臂弯，三姊妹口衔钓钩
藏身有术，仿佛机关舌尖上
一个轻轻卷起的袖珍支部

黎明愉快的化妆，学着
破壳的鸡雏，保持适当的抽象
晚间相约去"不夜城"
对男友施行宽容的加减法
或者只是莞尔一笑，表露的同情
基本不会超过裙摆的尺度

她们乖巧，聪慧，因而蒙受了比白昼
更漫长的照耀，让体制中的幻想
不分级别：少年人高高翘起的舢板
也冲上了到中年人体臭的暗礁
据称，她们的腰身并不比传说中的贵妃
更为苗条，但对男权的历史

显然缺乏兴趣。她们偏爱的是小说
更喜欢袖口一样伸出生活的格言
而作为一种技巧，枝繁叶茂的诗歌年鉴中
也有她们佯装成散文的脸
可以说三姊妹的弱点在各方面

都恰到好处：如同游泳池浑浊的深度
满足了初学者对大海的比拟性冲动

70年代出生，80年代当选校际之花
岁月忽忽，出落成美人已到了90年代
她们在风格中成功地实验出时尚
所余不多，一杯胸脯扁扁的隔夜茶
递向学院墙根下尚待发育的新生代
人们可以公开表示赞同或反对
仿佛真地成为"美"的股东

而被三姊妹所排斥的人，正以鲨鱼的速度
绝望地扑向了自己深海中的办公桌

梅　花

石光华

书卷被素手收拾

屋子里空出花瓶等候

背后雪色深沉

容貌与木器一团和气

衣衫脱在镜中，余香徐徐

旁边石头青黑

在墙外独立一夜，四周清平

水中的影子楚楚动人

下雪的天气正值岁末

日子疏朗，纯洁的玉酿成好酒

打开窗户，绸子表面日益柔软

温和的人和花在一起

夜晚的蜡火置身其中

清香滋润肺腑

花色形成皮肤

一身的寒气从书中散去

开花的山边

看见房中的陶瓷阴深

中堂山水枯黄

折花的手留在花中

刀

石光华

晴天白日，夏季的刀隐在皮下
从插花的屋中到达这里
阴柔的水含而不露
在闺房和妻子混淆
窗门闪烁不定
通过流汗，或者借道于手势
杀人的方向总是有金木相克
像入宫三次的人
看不见自己的椅子
有太多的空屋来回走动
头颅软下来
与温柔的花朵共享欢乐
脱掉衣衫，肤色开始接触夜晚
使曾经挥霍的想象
再次经历水的隐秘
那些在空屋中听见水声的人
陆陆续续走进白天
花气吸空了肺叶，他们持刀独立
眼睛在空气里暗笑一天
个个引经据典
用一带绸子避开祸乱
直到秋天世道清平
刀说：割谷杀妻古来之风
面含花色的人从此君临

光芒尖细的银针
——给森子

杨远宏

一片冰心在玉壶　森子
我要把这首诗刻成冰雕
像你一样优雅得体　玲珑晶莹
把它摆上河南　你那块
沉雄拙朴的中原大地

那年头　风起云涌的现代诗潮
正面临风云突变的劫数
我们谁也不知道　仍然把
都江堰山包上的小凉亭
当成宝塔山　把李冰挖的那条河
看成立马洗刀的延河水
而我　也恍惚双手叉腰站在杨家岭
在延安的窑洞里挑灯拨火
钻进钻出　日理万机
你来了　像一枚安静尖细的小银针
惜话如金　在风中寻找穴位
把光芒插进漂泊满河的浑水
我在台上点燃《现代的反叛和挑战》
台下掌声如潮　我的脑袋
一团团乱云飞渡
你也轻轻鼓了几下掌
那神态　像和尚在敲木鱼
也像修女　在拍响修道院

重门深院的大门　那眼神
像光在河面行走　哗哗的水浪声
一下化作无边的寂静

第二次在乐山　那大佛坐禅千年的
江边　我们已落荒而逃
如丧家之狗　刚刚惊魂落定
我们一群仍尘缘难了
与我佛　打坐的禅心未定
我　孙静轩　石光华　孙文波……
又狗毛倒竖　早晚、甚至彻夜狂吠
你不声不响　听得很深
有时微微一笑　像诗歌刀剪
刀锋上闪跳着气浪和扫帚星
也是有辱我佛　我还凡心蠢动
六根不净　将乐山乐水
（落山落水）的玫瑰梦
做进了老毛当年那激扬文字的湘江
你站在岸上　看我侧泳　仰泳
潜泳　有时也打狗刨烧
溅你一身水雾　这次你开口笑了
笑得很开心　在岸边茶亭里
你像一竿竹影从座中升起
杨老师　你想过吗
夜色像一卷轻纱落下
想过什么　我为什么要想
我没问　你也不再吭声
我在竹椅上恍惚如梦　神魂漂远
醒来也是十年之后
仿佛身上还披着那年那夜晚
你给我的梦盖上的那件灰风衣

第三次就不写了

（你已把我们写进了《那年夏天》

那首我们在太阳蒸笼下骑车的诗里）

再要写就是你在河南构筑了《阵地》

那面诗歌旗帜　飘着一代风流

飘过那些只有手脚　阳具

和肚脐的诗歌（呵　还有海因

那与你一样优美　我苦心依托的

河南双旗弟子　你们

正歌唱在我头顶的天空）

飘成九十年代的一角险峰和语境

你把银针的光芒更深地插进诗歌皮肤

插进随笔的肌肉　平顶山电杆上的

广告在寻人　你在电杆、灯泡上

寻找声音和幽灵　有时

电话铃在深夜响起——

杨老师吗　我是森子

流星从夜空划过　冷雨在敲打窗棂

森子吗我是杨远宏

在这喧哗而又寂寞的年代

夜静人深的时分

一声问候已经足够

那声音像在遥不可及的天边流动

也像在深不可测的山谷

草根抽芽拔节的响声……

少小离家

宋　渠、宋　炜

远远的时候，离开村庄
少女的叶子遮盖我
芦花和淡水
养大了无数悲欢离合
尖锐的思念插进胸口
为了在秋天
听到持续的回声

故乡的一只竹箱
保存着从前那些清白的早晨
日子在里面静静安息
想让红润的手指打开
认出鸳鸯水草
认出青梅竹马
陈土和根

但我没有眼泪
去打湿那些钟情的花朵
围住水井长大的女孩
从不需要铜镜
我燃起一堆树枝
太阳在我身后蒸出蓝烟
一张雾气的手帕
包着几颗难忍的红豆

想起大雁南飞

想起骊歌长成河边的青草
想起一支乌亮的铜箫
至今还握在新娘的手中

家 语

宋 渠、宋 炜

1. 候 客

一个渡海前来看我的人
如今打马从门前经过
他手里捧着一只司南
转入偏西的后山
我对他无话可喊
只在檐下拴起互击的刀片
又挂出门灯
然后以袖拂尘，打点铺房
静静地等他回来
这是天阴的日子
我舀出昨天接下的雨水
默坐火边，温酒
或苦心煎熬一付中药
不一会儿会天色转暗，风打窗布
这一刻那个有心看我的人
该来掀开我家门帘
同我随便打一局平淡的字牌

2. 病 中

入冬后家人们在内堂生病
细饮黄酒，药力深长、细致
门外有大队的人马经过

铁器相碰，不时撞到刷白的院墙
我们合家安居，不为所动
一色以布缠头
在土漆的家具中生活
思量旧日的业绩
这样足不出户的日子多么来之不易
让人围住烤火的炉灶
又可以搓手取暖
无一多事可做
我自顾想念某本书中的人物
他们也静守家中　不分姓名，
只管写字和饮酒
这个冬天如此清明
家人们各自焚香熏衣
或者把玩酒壶
只有天黑之前妹妹要下床推窗
窗含山色，唉，望天的妹妹
那一刻脸色与山色相合
一层薄雪正当冰清玉洁

3. 好　汉

这些天大风稍敛
几辆马车停在我家门前
一批仿佛面善的人手提礼盒
神色严峻而亲切
其中一个拿出丝绸和玉器
形貌古旧，触手温暖
请我随他们同走天涯
以秤分金
去天下所有上好的店铺里

换几套衣服穿穿
我想起多年以前的这一天
另一批身形消瘦的人
手捧书卷和司南　渡海前来，
劝我拖带一家老小
迁居繁华的州城
如今时光流转，
他们多数已有功名
我还是这样起身迎客
听他们讲诉惊天动地的事迹
大伙纳头相拜，
思谋落草
然后摆下酒宴，
击掌高歌
灯火通宵达旦
天明时我送走他们，
大风又起
我心里已经一片安宁

4. 门户之见

走过天井，一种心情形成。
有人在干枯的树下捡拾纸屑，
身段紧张，双手无端的使劲；
有人手执丹经，枯坐望天，
双袖藏起一方水土和风雨；
有人饮酒热身，顾影自怜，
十指白皙而焦灼，
急欲抚琴以助。
这时我走过他们身边，
气息受岔，印堂发黑，

一种受苦的夙愿直抵心田，
无法闪辟。
这个下午一切暗中已定：
我虚汗不停，穿过天井，
世上许多秘密被我同时窥见。
我只想立即回房，生病、吃药，
门关户闭，宅第一派清明。

5. 平　常

有一天空中花气渐浓，房间里
亲人们各自努力吸气，
神情专注，心无旁骛；
户外突然有个老人高歌走过，
歌声打破窗纸，落在头上，
许久没有散去。
我听了无话可说，
身体里充满醉意，
一连几天不思睡眠，
饮食也断绝。
秋天过后人间变凉，
我一个心思想念那位歌手
不知他身怀一个甲子的经历，
如今又在哪一方土地游走？
转眼隆冬又到，我旧梦重温，
想起自己其实安好无事，
只是偶染小疾，
一生里都没犯下无法宽恕的过错，
顿时心气平和。

6. 无 为

某个时候，我不出门户
就已清楚天气的变化
和民间艺人的冷暖。
各个州府的消息传来，
我家有数的几个远房亲戚
如今疾苦有加，无处着落：
他们想来投奔于我，
一谋生路，与我共举家业。
我没有多想，只是打扫庭台，
连夜烧香驱蚊，
空出大部分厢房。
以后他们陆续到来，
身怀感激，口齿不清的讲述人间冷暖。
我安顿完毕，回房睡觉，
合计这许多天来的排场，
已是钱粮无算，布匹铺张。
我仍是不出一言，独处厅堂：
静待他们久居生厌，
无心与我同列本族清贫的门墙。

7. 风城的居事

昨夜里内城灌风，通街门响，
一批木牌先后在墙根跌倒。
我睡在床上，听这入院的声音
刮过瓦楞和刀檐，
又在某处巷道消失，
心里一阵感动。

早晨起来果然庭户干净，天气空明，

家人也气色清爽。

这时我接待过路的客商，

在长风中立定，夜衫漂白，

说起夜里的消息。

这样的情节精致、贴切，再难改变，

即使天地对转，

我也会念念不忘

我在这个早晨看到的内景：

人们趿着布鞋，在街间缓行，

背后风声如一群赤体的小儿

辫散丝乱，步子紧迫。

我无心细听，但觉万境通明，

世事从容无虑。

8. 书　卷

我静坐的时候有一些动作

在体内发生，

行迹隐秘不露。

屋外门灯警惕，

一列刻字的木牌在三更站定，

脾气莫测高深。

我内心一壶止水，

对这些毫不在意，

只是收敛烛火、放松丝弦，

目注《黄庭》或《水浒》。

这样的夜里星斗落户，

满屋的书卷气足以造就一种心境，

让我吹气如蒸，猜忖和杜撰，

暗自把握住民间的天下：

一时海内封土，山开柜立，
官家玲珑剔透。
我复又诵读，气息绵长，
城中自有门人撤去灯盏，
百姓夜不闭户。
至此空庭无遮，披蒙白霜，
我内心一壶里
亦自水凝成冰。

9. 内心生活

想起从前一件似是而非的事情
仿佛是我失礼于人
伤害了某人的内心
如今算来却又无迹可寻，形同想象
不知是否清白
我苦思良久、杜门绝客
在家中焦心、着急
不住搓手踱步，却又一无结果
我计谋尽止于此
心里一阵悲凉
朝穿堂而来的西风放开胆子
不由得思谋自残
第二天我在柴房中三思
然后削制守灵的牌位
突然想起我众多辛苦度日的家祖　他们的忍耐和宽容
使我得以成人
同时又一无伤损
这样平稳的安排并非没有要求

我顿时醒转，头脑清明
复又回转厅堂，点校家谱 从此惜命如金，相守粮食
精心安排一日三餐

10. 家　语

许多年来家人们不出门户
在房间里欣赏挂图
直看得纸张褴褛，线轴脱落　四壁一无是处
有时他们也轮番念书，私立科举
以致心力衰竭
重又抱病煎药
就这样大伙烧水烫脚，燃煤烤火
紧扣门闩，提防冷风破屋
我身上无力
只是用心记住家人依稀的面容
以便日后想念和回忆
他们也做出深思的样子
察看掌纹，渴望久病成医
这样的情景极尽纯粹，不可多得
家人们全都怀着难以觉察的喜悦
在房中摊牌、盟誓
以手加额，一生里深居简出
午时正牌我入衾安睡，绸缎加身
帐内挂满了香袋和梳子……

枭 王

万 夏

第一章 女

她狂吻披血的虎啸，连绵矿脉和群峰的短翅。
满含麦芒的季风在热带雨里喋喋不休地纠缠。

她的自身，她的冷眉。海于金银中的全部倒影和想象。
她！王中之王的缔造者，万罪的包孕和溶释。
她！大陆之光，白盐之光，海壁彼此赤裸之光，
被激越的女子狂草、雷劈和定罪，
为一阵乱拨之弦所弹奏。

那些冥想着的满腹经文，在被割去了冷芒的星群中，
在万兽如一的疆域内，发生着空前的酷似，并被最高的真
　　实所书写，所吟诵。

她的横行，她的至美。她以随便哪堆残骸里伸出的爪子，
便沿着事物飞逝的弧度紧紧攀援，并在回头一盼的洪音中
　　全面崩溃，久久回旋。
那些强暴的底流在海底恣意扩张，轰然鸣响。

她的残疾，她的绝情，她频繁的自杀冲动。
她以舌尖和指头作媒介的手淫而自恋，以不和明镜而自恋，
以任何一瓣丧偶之花的纷落就可以
洞开整林的果子垂死在她的乳头上。

黑夜，在暗示的后面充满杀机，郁结幻海之鬓。为时针所
　　指引，为星相所败北。
事物在它骤然爆烈的远鼓声里默默前行。

她的命定，她的初潮和月亏。
游刃在黑暗中突然停顿，转向于暗中划定的鸟道：
成熟的少女之乳果熟外溢的满罐黄酒，
我于她肉中之肉的猛烈射精和耕植。

那些鱼，那些行于雄畔的雌鸟，脊杖着虎符，倒拖金戈
在泉池和密宫，把鲜红的裸体和花翎公开在每一细节上，
　　让千年的盲目在无边的暗算中，共睹出同一个事实。

这是山群飞向另一山群的伟大时辰，
枭在最幸福的臆想中仪态万端，让森林浮悬在
海上犹若另一座海。
她的厄运，她的至美。她之美是被永久地遗弃和遥迢，被
　　无道理的如荼艳色所倾覆
在荒城之畔，犹一只丧家之犬的颓唐，进入冷若素娟的行列。

那些嘹亮着羽翅的美人在哪里？
那些固守闺怨中暗含紫薇的汤池之城在哪里？
她高居于世界的狂笑，她空无一物的烂漫想象。
万千蒙着兽面的铁骑之师，挺直前矛正在逼近
河岸，将蹂躏她前胸的底谷，

她的失身。她的号啕。
正如所有无花之果的同一悲哀，自暴自弃
被迫聆听纷纷落英的萧瑟之声。

信口捏造的谎言正变得无懈可击，成为圣洁的自身，

并开始高翔于任意想象的空间：
她飞舞的嗡嗡声，排卵的急急声，俯冲和咬啮的豁豁声，
　　分娩和杀伐的隆隆声。
她之声遭到石凿，奉为千古绝唱
旋即标榜在城门的悬檄上，再次
颂歌为袖剑和血滴；

她的祭之舞，歌妓之舞，交媾之舞，鹤之舞。
她之舞用四肢的骨头甩打着水袖，
为殉葬的盛大队伍中的招魂之舞，

她水中之交，飞翔之交，倒错之交。
她以氏族的血刃和酷律为誓
以任意一种仰卧的姿态，向着企图穿越阴唇的瀑布开放。

水中的女子是投入海中的瓶子，
空中的女子乃不招之魂。

她想中的英雄正飞越山梁……
她的至善，她的社稷。路道上飞行的星球布满宽大的条
　　纹，野兽在红色的森林中
飞起来吃人。岛上的先烈正横切脉管，血洗恶魔之掌。全
　　部的遇难，全部的高亢，
全部的英魂再现；
她分娩的皇帝正遭至彻底的宫刑。她的暗娼奔放热情。
她正咬断脐带，确定这堆光耀如镜的尸骨上的亲子。

她！大屠杀的唯一幸免者，二十个世纪的鼠疫者的最后见证
她！为疯狂滥用了疯狂并毁于疯狂！

她的父性，她的母性。她的肤色于旷世悬挂，绞杀自身，

让飞翔绵延而去，让鹰隼在坏死的创口上觅食海鱼。

她的噩耗，她的灿烂之笑。以博得在蛮横的国度
里上下一致的掌声和对殉道者最崇高的岁颂。

第二章　王

哦，你遍体的红肤、蓝肤和黑肤。
你北方的男子黑肤披血，南方的女人蓝肤如水。
哦时钟，你的手指狂草风中混乱之影。森林的爆裂在斧柄
　　中发出巨响。
那一片狂笑的阔叶林，不就是那个燃烧的季风中从手中漏
　　去的种子。

面如重枣之王，正歌如漆树，浊泪如焦墨。

那时，有猛士肢解巨兽，天空鸣响着远雷。
那时，鸟筑于你，女人乱梦于你的颅畔。
你的躯体被反复嚼碎，你的人民在正午的时刻施行酷律，
　　放牧内心的野兽。
你败者之王，胜者之王，都咀嚼着大麻和苦艾，疾走在黑
　　麦的野山中。

这样的时刻，有谁在引吭高歌，号叫着分娩。那些王中之
　　王，抄袭着巨兽，
在洪荒里潜伏青铜之爪，企妄末日的荣耀，
或固守在夜晚，厮守滞缓而过的诗行。
愤世者早已归还尘俗了。

白盐之歌

一只南方之枭逐渐衰退的有限记忆：
所有暴雨中的背脊正经历着一九八五年五月至八月的空气，
光巢中金蛇泛滥，翻滚着热浪横行而过，任其毒日掩盖了
   真实面目。
割断的咽喉正播放美声。高论之墙被那些拳成河水的雨滴
   毁坏，并付几个狗卵子钱
不了了之。

身怀绝症之父，你的王者在哪里？

那些艳阳高照的女子在五谷丰登之时呈现宁静的柔和之色？
那些命定之姻缘又将深插进谁的身体中宣泄生命？
六月的下弦之月瞄向了谁的初恋之夜乱箭如飞蝗？

哦，漫游者！你仗剑披发之吟
乃是鸟瞰万世的一瞥？

一树鸟飞尽之后，千古之恨只留下一尊石偶。黄金面具的
   铸文和念珠。毛发重新
鬈髻儒家的云朵，任其野茶蔓生，任其刚愎在石岩上开裂
   铬文，如根瘤，如迷幻，如
夜之细语默默流芳。

命定者以托词之形出现了，运行在措辞高雅的背景上，
为泥偶所拥戴，为众芳所氛围。

巨翼之枭哟，你横绝千古的傲视不可逾越？
终极之马哟，你重蹈黄金之路，永立不败之地？

青铜之歌

洪钟伟大的轰响，收割者止住疯狂的手指。
志怪者在另一株树下结果，虔诚至极：

哦，人之王者，你端详祭祖的巨兽之颅，将我们的血族远
　　置成一座荒岛，让海流穿越它，让所有宁静的肤色免于
　　杀伐之苦，免受毁于一旦的丧钟高鸣。

所有的险恶逼近自身，直至墓碑下。黑麦在山顶烘烤，城
　　堡中的倦鸟低翔。
四月的孕妻在刺藜丛中早产，混合收获的稗子和卵石。
哦，帝国之王，你的饥兽遍布大陆，你远征之筏沉沦于沙漠，
任鱼雷和铁簇渴饮创口的黑血，
那些白素之颠的女子吹响铁角，在雨夜之隙的气候里肢解了
众兽如一的版图，以强权和伟大的酷刑为疆域，
使如花流逝的诗句奔腾于植物的根系，让海底的暗流在地
　　层轰响。

哦，万王之王，御夜的巨翼作至高无上的飞翔，
那些被掠过的伟大节气，正颗粒饱满，浸润黄金之汁；
那些终极之马，短削颈鬃，追击群狼之魁。

冥想中的英雄正飞越山梁，攀援雷电而上。

落荒之寇燃着冲天红烛，洗劫着部落。
事实的真相被意外之铁封闭，谎言者四顾如病兽，
篡位者的誓言在肉体上削铁如泥。

而现在，爱你的就只爱一人了，

王哦，王！

诸王之歌

哦脐，溯古道之枭，引导沉船之航；
哦酒，你的触须雍长，你的镜面深不可测；你的狂徒在
朝拜的集会上，颂扬之辞如垂帘高悬，
你的男子强横如虎，女子肥硕而疯狂！

哦诗，王者之骥，王者之诗！
哦诗人，你的肉体将被迫作出选择。
哦祭典，社稷和五谷之神已狂乱于交媾的盛大舞会中去了，
哦美人，你的野兽，你的笔触，你钴蓝的爆破，
你乃色彩之王，星空之王，困兽之王，自杀冲动之王。

哦物理，你静观的杰作正横越大坂，
哦青铜，你的法律，你最高审判之席，
你的象冢之谜已被一阵乱梦所醒，你孤独之泪，大醉之
　　泪，被厌弃之泪；
请摘下你脸上的金子，为着向大海开放。

哦水，暴雨一声惊叫跃入你的怀中，鸟翅搭着空中之水飞
　　向树，
哦树，你在河岸一呼一吸，直下直下，平步青云；
哦土，血酒之祭，中国人断颅之高枕，
哦大刀，削发僧侣的寂寞，游刃于缔造者的血管，在金属
　　的终端卷曲着锋刃，
哦蟑螂，夜中飞行的农业之色，在一坛香油中展开你宽阔
　　的翅瓣；
哦白盐，阳光穿越你的石心而爆裂，万物生生息息于你的
　　繁花之止。

第三章　巫

卦五十

血族的寿钟在一片肥大的泡影里，终以一个祭鬼的面具出
　　现了：

夜之光穿越无形，以毫无夸张的竹尺，重复她壮阔的前奏。
短刃的威慑展于版图的尽头，使每粒种子的沉默，在毒品
　　的晕眩中更
显得孤寂。

烟草之树，如女人之水，衔在唇上。

世界终归于铁，统治于铁，专治近于巫咒。
所有的帝王都以香蕨擦洗圣洁的下肢
让罪恶更接近忠言。

那么，那些撮食红蚁之王，将在无颅的肩上顶戴桂冠？以
　　傲视之目践踏荆棘而过？
那么，这只吃唔的大鹰在强横的气息上将为谁的天空狂放
　　不羁？

那些死亡之歌，酒祭之歌，割礼之歌，在千年火葬里向着
　　旷世高唱，
号啕不止的歌王，将葬于谁的哀歌？
情人献出爱之后，便寂静了，
子宫在一次实质性的收获，正慢慢走向成熟？

贵族，你男性之乳在哪片森林中沉甸，你的狂草在谁的姓
　　氏里蘸血而书？

诸侯，枭雄之后的黎明，众芳启扉的神圣乐章。农牧之获
　　在飞行的俯冲下疾速掠过
阴历的日子。
孔子，镍币盛行的京城。祛风痛的患妇都有一网神秘的经络。

菽稷的谛造者，你的小肠豁豁鸣响，弯镰磨出足胝：
巫术的谛造者，你阳光如霜，形同乌有。

卦五十四

九月的夜风中已渗有过量的大麻色泽了。在太阳之祭，她
　　的强盗撩开面纱，出示多爻辞。
在野兽的正午，斋雨中静坐朝觐者，覆草的莽原皈依，
　　铁、磷、盐皈依，人类疯狂的影子已缩回自己的内心。
未识的绮罗香之夜，如林的素手在放光的前额涂抹朱砂。
　　时针忠实地走出皮肤，
宽大的叶片搅拢气候，迷途者在墓地听见自己的骨粉雪
　　白，错落有声。

巨枭已醒自石斧，正砍伐橡树之林。高悬于树梢之马，把
　　纵身一跃的幻觉射进世界：

真实的太阳唯一高悬。

光芒跃入钻石和樟木之时厚翅摧折的声音。巫术长披血
　　袍，在众说纷纭的卦辞下，将玻璃和冰块融进手指
预言死去的情人将飞临她的秋巢？

企图逾越之伍在高原的牛角声中凯旋而归？

寻梦者，你祭司的黑袍宽大，垂向金字塔，纹饰得太平里

匆忙猜测中无意而过的烟云。

伪诗的谛造者，你用蜥蜴豢养横行伤口的血毒；
王的谛造者，丧偶之花开败在墓前，你从宝座上起立……

卦十八

一个尸者的午眠之梦是白日之梦，未梦之梦：
看见在葡萄藤下喃喃细语，挥着死前的双翅，飞越了自己
　　的头顶，落巢臼而去？
正是墨狂在疾风中高歌而行，长铗击鼓，
在豪华的宫宴上放荡着高烧之词。

你的膜拜者已滑过长桥，顷刻便要远远飞去，
流逝在西极？

桥，海鸟忠实的模仿者，飞展你膊上横阔的时间之弧，以
　　另一种语言之草遮盖了野马低垂之颈！
一具横卧的僵尸因少女的坠涧身亡而臻于完美。

苍穹之外的铜鸟呼唤着事物的到来。月光在荆棘中的劈
　　杀，放纵八蹄之兽
奔腾激昂之夜，为飞鸟所指引，为甲土跃进石壁，他们是
　　瓣裂了巨兽的猛士。

河岸，伟大的哲人正濯洗素手。开窗一阅正是白日之梦。
又一气的乱梦重叠，相互抄袭，相互追击和殴斗。胸
　　闷，盗汗，开窗一阅正是梦中所视。远逝的哲人冥想
　　往事，在雪里洗手？
酒狂渡过著名的荒村，金子裹在腰间。所有雄鸡的高唱
　　已大于天下。树上的道路为季节和气候开辟，任其层

层悬挂。

任其藤萝将陆地连绵在海鸟的胸中。

飞行的谛造者，你的空军收起前爪，横滚在浪漫的想象

之余；

死亡的谛造者，永生者的葬仪终止于他的毁灭！

中文系

李亚伟

中文系是一条洒满钓饵的大河
浅滩边，一个教授和一群讲师正在撒网
网住的鱼儿
上岸就当助教，然后
当屈原的秘书，当李白的随从
然后再去撒网

有时，一个树桩般的老太婆
来到河埠头——鲁迅的洗手处
搅起些早已沉滞的肥皂泡
让孩子们吃下，一个老头
在奖桌上爆炒野草的时候
放些失效的味精
这些要吃透《野草》《花边》的人
把鲁迅存进银行，吃他的利息

当一个大诗人率领一伙小诗人在古代写诗
写王维写过的那块石头
一些蠢鲫鱼和一条傻白蛙
就可能在期末渔汛的尾声
挨一记考试的耳光飞跌出门外
老师说过要做伟人
就得吃伟人的剩饭背诵伟人的咳嗽
亚伟想做伟人
想和古代的伟人一起干
他每天咳着各种各样的声音从图书馆

回到寝室。

亚伟和朋友们读了庄子以后
就模仿白云到山顶徜徉
其中部分哥们儿
在周末啃了干面包之后还要去
啃《地狱》的第八层，直到睡觉
被盖里还感到地狱之火的熊熊
有时他们未睡着就摆动着身子
从思想的门户游进燃烧着的电影院
或别的不愿提及的去处

一年级的学生，那些
小金鱼小鲫鱼还不太到图书馆及
茶馆酒楼去吃细菌长停泊在教室或
老乡的身边有时在黑桃Q的桌下
快活地穿梭

诗人胡玉是个老油子
就是溜冰不太在行，于是
常常踏着自己的长发溜进
女生密集的场所用腮
唱一首关于晚风吹了澎湖湾的歌
更多的时间是和亚伟
在酒馆里吐各种气泡

二十四岁的敖歌已经
二十四年都没写诗了
可他本身就是一首诗
常在五公尺外爱一个姑娘
由于没有记住韩愈是中国人还是苏联人

敖歌悲壮地降了一级，他想外逃
但他害怕爬上香港的海滩会立即
被警察抓去，考古汉
万夏每天起床后的问题是
继续吃饭还是永远
不再吃了
和女朋友一起拍卖完旧衣服后
脑袋常吱吱地发出喝酒的信号
他的水龙头身材里拍击着
黄河愤怒的波涛，拐弯处挂着
寻人启事和他的画箱

大伙儿的拜把兄弟小绵阳
花一个半月读完半页书后去食堂
打饭也打炊哥
最后他却被蒋学模主编的那枚深水炸弹
击出浅水区
现在已不知饿死在哪个遥远的车站
中文系就是这么的
学生们白天朝拜古人和黑板
晚上就朝拜银幕活着很容易地
就到街上去凤求凰兮
中文系的姑娘一般只跟本系男孩厮混
来不及和外系娃儿说话
这显示了中文系自食其力的能力
亚伟在露水上爱过的那医专的桃金娘
被历史系的瘦猴赊去了很久
最后也还回来了，亚伟
是进攻医专的元勋他拒绝谈判
医专的姑娘就有被全歼的可能医专
就有光荣地成为中文系的夫人学校的可能

诗人老杨老是打算

和刚认识的姑娘结婚老是

以鲨鱼的面孔游上赌饭票的牌桌

这条恶棍与四个食堂的炊哥混得烂熟

却连写作课的老师至今还不认得

他曾精辟地认为大学

就是酒店就是医专就是知识

知识就是书本就是女人

女人就是考试

每个男人可要及格啦

中文系就这样流着

教授们在讲义上喃喃游动

学生们找到了关键的字

就在外面画上漩涡画上

教授们可能设置的陷阱

把教授们嘀嘀咕咕吐出的气泡

在林荫道上吹过期末

教授们也骑上自己的气泡

朝下漂像手执丈八蛇矛的

辫子将军在河上巡逻

河那边他说"之"河这边说"乎"

遇到情况教授警惕地问口令:"者"

学生在暗处答道:"也"

中文系也学外国文学

着重学鲍迪埃学高尔基,在晚上

厕所里奔出一神色慌张的讲师

他大声喊:同学们

快撤,里面有现代派

中文系在古战场上流过

在怀抱贞洁的教授和意境深远的
月亮下面流过
河岸上奔跑着烈女
那些头洞里坐满了忠于杜甫的寡妇
后来中文系以后置宾语的身份
曾被把字句两次提到了生活的前面

现在中文系在梦中流过，缓缓地
像亚伟撒在干土上的小便，它的波涛
随毕业时的被盖卷一叠叠地远去啦

我想乘上一艘慢船到巴黎去

胡　冬

我想乘上一艘慢船到巴黎去
去看看梵高看看波特莱尔看看毕加索
进一步查清楚他们隐瞒的家庭成分
然后把这些混蛋统统枪毙
把他们搞过计划要搞来不及搞的女人
均匀地分配给你分配给我
分配给孔夫子及其徒子徒孙

我想乘上一艘慢船到巴黎去
去看看卢浮宫凡尔赛宫其他鸡巴宫
是否去要回唐爷爷的茶壶宋奶奶的擀面棒
不，我不，法国人也有耻辱
我要走进蓬皮杜总统的大肚子
把那里的收藏抢劫一空
然后用下流手段送到故宫
送到市一级博物馆送到每个中国人家里

我想乘上一艘慢船到巴黎去
去凯旋门去巴黎圣母院去埃菲尔铁塔
去星形广场偷一辆真正的雪铁龙
然后直奔滑铁卢大桥
活动安排在一天完成
我要在巴黎的各个名胜
刻上方块字刻上某君某日到此一游

我想乘上一艘慢船到巴黎去

去看看公社社员墙看看贝尔·拉雪兹公墓
去看看每个伟人每个无名艺术家的墓地
去看看一七八九年死难烈士的纪念塔
我要穿得干干净净，在死者墓前默哀
亲手献上一束中国红月季
我要选一个良辰吉日
亲自去慰问死者的大妻二妻及小妻若干

我想乘上一艘慢船到巴黎去
去看看唐吉老爹，捎去一瓶最热烈的大曲
我要敲开在巴黎工作的每个中国人的房门
送去一张奖状，希望他们再接再厉
我要收集巴黎全部右派分子的错误言论
并向最老的巴黎市民
打听乔治·桑劫持缪塞劫持肖邦的确切细节
据此我要召开数次万人大会
请所有中国儿童参加

我想乘上一艘慢船到巴黎去
去看看贝多芬的三平方米房产
去揍扁用几颗土豆换走舒伯特小夜曲的老板
揍扁帕格尼尼的全部敌人
我要用手枪顶住红鼻子警察
命令他立即带路去巴黎市政厅
我要在那里集合至少十个以上的市长副市长
办一个学习班，把他们送进巴士底狱
我要向两千万巴黎人递交措辞强硬的抗议书
抗议他们迫害知识分子的暴行

我想乘上一艘慢船到巴黎去
去看看超级市场看看巴黎百货公司

所有巴黎土特产我都要带走
包括上等的巴黎墨水巴黎白兰地
这一切我以一个中国佬的智慧获得
我要统计巴黎健在的杰出人物
采取收买和没收的政策
把他们分门别类
用挂号邮包寄到中国

我想乘上一艘慢船到巴黎去
把臭袜子和中山服
把里里外外的臭火药
高价卖给那里的收藏家
我要把精湛的烹调技术午眠技术
把精湛的嗑瓜子技术传授给巴黎人民
看到越来越多的蠢驴上当我心头暗喜
我还要去公园图书馆查阅详细资料
去走访居委会走访街道办事处
熟谙巴黎的内部结构
然后组织一只庞大的第五纵队
配合圣诞夜发动的突袭

我想乘上一艘慢船到巴黎去
去最好的医院做矫正手术
切除导致不良情绪的盲肠
去最好的疗养地享受日光浴蒸气浴
去最好的花店买一大捧郁金香
我要穿上最新式的卡丹时装
然后带着兴奋带着黄种人的英俊面容
坐快班直接回到长江黄河流域
我要拥抱母亲拥抱姐妹拥抱我的好兄弟
这一刻我也没有半点眼泪

骨节相当粗大完整的朋友们
会心地拍拍我的肩头

我想乘上一艘慢船到巴黎去
我算过这大约需要十万分钟
沿途将经过七大洲五大洋
经过我知道的全部外国
沿途我将认识印度人、阿拉伯人
美国人加拿大人以及其他什么有趣的蛮夷
我们将讨论共同关心的公家问题私人问题
我会同每个国家的领导发生争吵
会违反任何地方的交通规则
印度公安局埃及公安局甚至美国公安局
都会派出成打成打密探跟踪我

我想乘上一艘慢船到巴黎去
沿途我将同每个国家的少女相爱
不管是哪国少女都必须美丽
她们还将为我生下品种多样的儿子
这些小混蛋长大后也会到处流窜
成为好人坏人成为杰出的人类
无论走到哪里人们都会注意他们
他们的眼睛会是黑漆漆的颜色
从滚滚的人流从任何场合
我也会加倍提防这些杂种他们是谁
他们是我的儿子我的好儿子

醉

马　松

我的毛醉了
现在醉意如春蚕
顺腿一口咬去
现在我已成脉络成一根筋
成一根扁担挑起夜晚在晃

从上到下的消失　　这是酒的方向
从尾到头地消失
这是我活着的方向
都快要见底了

这时　我的目光把石头也看得发情
道路流着虚汗
这时　我肉体的下垂辉煌
对空气犯罪动人
这时　脚对自己脑袋的强奸心旷神怡
我把剩下的脑袋使劲挖进天空
这时　我是鸟类中唯一的嫖客
终究要死在远方的——美丽之病

现在　我的脑袋帮身体的其他部位喝酒
我脑袋以外的东西正在变成下酒菜

好时光

马　松

你骑在火上到处追她
你首先骑着一朵一朵的花儿　冒着她名字的危险
不停换马
你的旁边　鸟骑着风　风骑着云也在追她
你骑着一个又一个山顶追她
追啊　空气越来越没弹性
你也就一追一个洞了

但是鸟儿还在追她，追啊
鸟儿不住地口渴也就不断将你当成水去喝
鸟儿俯身向你，一下水就乖乖站地
水将她充满又闷将出来　你丢下的那些战马
就要死灰复燃
你追到她开始骑她，你背后的那些战马
就像浪花骑着大海那样骑你啦

天空从她开始
云就至她结束
从此　你深情的闪电变咸
咸得黑夜无法入口

镜中的石头

周伦佑

一面镜子在任何一间屋里
被虚拟的手执着，代表精神的
古典形式。光洁的镜面
经过一些高贵的事物，又移开
石头的主题被手写出来
成为最显著的物象。迫使镜子
退回到最初的非美学状态
石头溺于水，或水落石出
一滴水银被内部的物质颠覆
手作为同谋首先被质疑
石头被反复书写，随后生根
越过二维的界限，接近固体
让端庄体面的脸孔退出镜子
背景按照要求减到最少
石头打乱秩序，又建立秩序
高出想法许多，但始终在镜面以下
有限的圆被指涉和放大
更多的石头以几何级数增长
把镜子涨满，或使其变形
被手写出来的石头脱离了手
成为镜子的后天部分
更不能拿走。水银深处
所有的高潮沦为一次虚构
对外代表光的受困与被剥夺
石头深入玻璃，直接成为
镜子的歧义。一滴水银

在阳光下静静煮沸。镜子激动
或平静，都不能改变石头的意图
石头打破镜子，为我放弃写作
提供了一个绝好的理由

想象大鸟

周伦佑

鸟是一种会飞的东西
不是青鸟和蓝鸟，是大鸟
重如泰山的羽毛
在想象中清晰的逼近
这是我虚构出来的
另一种性质的翅膀
另一种性质的水和天空

大鸟就这样想起来了
很温柔的行动使人一阵心跳
大鸟根深蒂固，还让我想到莲花
想到更古老的什么水银
在众多物象之外尖锐的存在
三百年过了，大鸟依然不鸣不飞

大鸟有时是鸟，有时是鱼
有时是庄周似的蝴蝶和处子
有时什么也不是
只知道大鸟以火焰为食
所以很美，很灿烂
其实所谓的火焰也是想象的
大鸟无翅，根本没有鸟的影子
鸟是一个比喻。大鸟是大的比喻
飞与不飞都同样占据着天空

从鸟到大鸟是一种变化

从语言到语言只是一种声音
大鸟铺天盖地，但不能把握
突如其来的光芒使意识空虚
用手指敲击天空，很蓝的宁静
任无中生有的琴键落满蜻蜓
直截了当的深入，或者退出
离开中心越远，和大鸟更为接近

想象大鸟就是呼吸大鸟
使事物远大的有时只是一种气息
生命被某种晶体所充满和壮大
推动青铜与时间背道而驰
大鸟硕大如同海天之间包孕的珍珠
我们包含于其中
成为光明的核心部分
跃跃之心先于肉体鼓动起来

现在大鸟已在我的想象之外了
我触摸不到，也不知它的去向
但我确实被击中过，那种扫荡的意义
使我铭心刻骨的疼痛，并且冥想
大鸟翱翔或静止在别一个天空里
那是与我们息息相关的天空
只要我们偶尔想到它
便有某种感觉使我们广大无边

当有一天大鸟突然朝我们飞来
我们所有的眼睛都会变成瞎子

世的界

蓝　马

指船

指帆

指鸽

指海

与树林

与坟丛

与结合

既作为物质

而发光

闪光

又作为悸动

有东

有西

须知海也有东

船也有西

朝下看去

是在

下午

睡眠般

有梦般

闷热般

下面是

一个概念

既是光

又是丝线

既是闪烁

又是抖动

而结果

是大海

开着白花

又有帆

船

鸽子

海鸥

等

小标记

也就是

走动

飞翔

跳越

就是躯壳

来不及

从自己里穿过

越过海

越过帆

越过鸽子

向海鸥

渔村啊

太神了

使头颅有力

使眼睁开

无口无耳

使这两叶这么一转

使漂浮

死者既不是死者
又不是活人
许多的梦
的组合体
在前面
是障碍物
又在跨越

透明啊
一个多么抽象的东西
模糊得
如此激烈
视觉
如此质感
梦的
真梦的
神明
也是一样

下一季开始
反光中出现泡沫
一群极亮点
突然在某几处
打　　　　开
不完全消失
不只是瞬间
长啊
这些这些
在强烈
同时在眯眼
看不见神明

看不见宁静
活
又是活
现在在这面

水与水一位一体
手与水二位一体
加上太阳
加上钻石和鸟
一份能闪的因素
又一位立体
主体
一片船
一片帆
一片鸽子
和一片白海鸥
在其上
多么充实

我分阳
我万亮
我焦耳
我是
焦耳乘以焦耳等于焦耳平方
而海水你是 2−1=1
犹如你何曾是 1+1=2
这就是疼痛
这就是秘密
这些是阳光
是海水
是茫茫和休息

船在劳动

鸽子在停

我的眼

和我的手啊

那些湖泊

在明镜

不完全　　在你手里

不完全　　在你眼里

不够充分

不够稳定

不完全睡意

最长的

没有地方看穿过

虽然是手

又是眼睛

用一支腿

去环顾另一支腿

每天的眺望

黑暗中思想

最深的　　也许是环顾

最高的　　也许是脊梁

最挪动的

是观察

似乎明瞭了

似乎明暗交替

就语言而言

时间是脚印

而头部

面部

手和胸前

等等
是项目
是内容
是指向和纵深
似乎不妥
是那山岗

假如雨再度扩大
谁来看啦
石头在石头上
水
在水上
向海鸥
帆　在帆上
而鸽子
在鸽子之上

谁来品尝这视野?
它的维护是光
它的裸露是样子
漂泊啊
谁还在双目失明
去适应
去怕
和
去脱离

全面的洞察
使角落交织
显得通
显得不行

谁肯让船劳动

让风成天介入呢

什么地方

含有大量的天空

它停留地

受阻地

高悬地

任凭一根垂线

既是蚕丝

又是木棉

又是身体

还向着海鸥

大量的洞穴

船晃动

又把消失

潜藏在阴处

它宽些

大些

意识到根部和泥土

唯恐是房间

唯恐是帷幕

太独立的黑色精英

别无二致的帆

船

鸽子

海鸥

等

就是走

走

盘根错节

又意味着
它想广泛

属于我的
我震撼不已
有关我的
我是寻找
沿着自己出窍
让我来坐在我的身边
微微地又守望在天际
还在那里
歇着
微微地
请亲切
沿着自己左移
让我来坐在我的左边
第一次开花
第一次结果
第一次沿着自己开裂
微微地
让我来与我
相逢
在身外
是微微的
在左边的和右边的
是微微的
天边的我还横着
在微微的之间
最基本的哭
没有声音

也就是走海鸥

走船

走水

走石头

我的帆

它在那里

我在这儿

也还是要

走船

走水

走鸽子

走花

和我

谁肯让自己图腾一番

谁肯让自己鱼

我太了一次

我收缩

反悔

聚集

然后我

分散了一次

弥漫进森林

穿过水

照耀在珊瑚丛

既不认为

脚下的这些岩石

是别人的

也不认为

身边的这些水

和树林

是自己的
但是谁肯让自己张
肯让自己滑
肯让自己午睡呢

同性的光环
既是同性
又是一性
又是分别的
二性
和二性的
一性
同性的光环
既是圆
又是方
不只是男男
不只是女女
又是男女男女
又是灯光
在那里
看懂手
看懂帆
看船
和鸽子和海鸥
孩子们最早仙化
在路上
既不是看见了它们
又不是曾记得它们
多么未见得
不是想起自己
不是惦念他人

把抽象搁置一边
请那些具象消逝
光环久远
再不再照耀
释放这些雨了
这些雷
释放这些坟墓和房子
三月的桃花再红时
使时钟与城池仙化
这群海鸥　向一口古井
我们
微弱

整日里我都是什么呀
用树叶
在枝条上弹奏
一闭眼
就听见蟋蟀的声音
一伸手
才发现数不清空气
我的耳朵里是流水
我的眼里是河水
我的手里是心情
我和另一只脚
积满了海滩
和淤泥

究竟要我怎样想啊
那鸟的心　准是鸟
船的心　准是船
鸽子的心准是鸽子

而水的心准是水

命运
能容我怎样来打量
仔细地
从这里往外移
缓缓地
又从那心里往这儿望
末了
谁又肯听凭我来说一句
都是心
都是路
共一江秋水
都有力
都依据
都是正

让我怎样来抓紧手指
我怎样开口说
是我了帆
是我了风
是我上船
为海鸥
是海鸥
是我张挂着
使我羞愧
使我低头
我嗅着的
分明是我自己开放
又怎能为了水
而面对着水

我这种水
又怎么会明白
怎样来沉思和推动
作为水的
我的
突起的
前额

只有眼睛事先彻悟
它一旦有了光
又从光中
有了船
前额靠向木与火
泥土天天堆积
黄金下的水无缘无故
包裹着整个的
世的界
但是眼睛
你包裹不起自己
与那魂灵敞开的
甬道
所以船要再度撑开
要梦帆
帆要梦桅杆
谁能梦见岸
岸又刻不容缓
靠近了海
与潮
设想纵以千年万年
的超越
来透穿峡谷

汇聚海
纵凭船
对树叶的装载
我是否真的曾经说过
鸽子永远飞不出鸽子
前额必须由前额来承担
而心
命定会出现在心的表面
担负起此心的
此时此刻
此在

射雕
你就是英雄
你站在上面
你哆
你乃
你咪
你就是最最
就是100
你可以最最哆
可以最最乃
可以最最咪
但是你不能老是说
冲冲冲
你只100
请威来嗅嗅乃咪
请过区嗅嗅乃哆
你和我在现在
在一起
嗅嗅

咪咪咪咪咪咪咪咪

乃

咪

那是你就是最哆

而我只好最乃

但是我站在外面

我管你叫作

哆咪

我管别的海岸叫作

哆乃

我管这个世界叫作

肖咪哆

我说

这世界仅仅是一个流派

习惯了很久的

肖咪哆

流派

而已

它吹着号

召唤自己

它吹

咪哆咪哆

它在它的房间里

又是世的界里

回应自己

而已

而已而已

黄昏来临

眼睛里面的树叶

还在把眼睛外面的树叶

翻译成鸥鸣

那远一点的

近一点的

大一点的

大一点的

小一点的

在高处和低处和外围

点点点的

对天的反面的

绝妙补充

被翻译成

鸥鸣

它不倒退

不游离

打通了千里万里

扶摇直上

出尔反尔

去太端

从太极

驾驭在听觉上

受不了自己的惊醒

又返回自己去惩罚自由

按捺海

按捺帆和脖颈

为点点点的鸥鸣

而叛逃

又为纷纷飞飞的落叶

而萧杀

而羞涩

无语

我这样坚持不停地
知道了我的背部
我这些坚持不懈的
帆
船
和海鸥
我这样坚持不停地
知道
瞭解
何似从水底
瞭解水面
从宝石的深处和中心
瞭解慧
瞭解明
它没有太阳
没有太阴
天不干
地不支
神也不知
鬼也不觉
因为已经太神
而且太鬼
所以它通常
只以知晓自己

用整个身体来流泪
每一年的夏季
听鬼哭狼嚎
与浮云一道听手
听帆
听我和你

是异性
是同性
听雨声
为自己而保护自己
掩饰浸润
移不开胸前这些墙壁
挑战
在自己里
应战
在自己里
不以克敌制胜
不以自败俱伤
问海鸥
自己
在自己上

让眼睛来独立地做梦
让它成双地悬在额上
也就是
让眼睛自己来想想
曾经
怎样
它断然地梦见了光
梦见了帆
船
水和土地
既然所见的一切
都是眼睛所梦
问问哪一天
它又肯再豁然一次
梦见跑与跳

和消失
就是看见世界
和停泊

但是
你这晴朗
和你这泪水
和这雷同
已使你与眼睛不再换梦
你只使真理逼真
使远方逼近
作为公式的源泉和证明
你的交叉
和你经常的不醒
已为常驻的男女所收授
那各式的目光
虽然也在春天辉映着颜色
抢夺那不尽的太息
却未曾把你的毁坏
推向崩溃和惺忪
就靠水
靠泪
靠裂解
图解
和肢解这群光
这场梦
也依然要做下去
试问光梦见的
唯独是眼睛
记住的
才是船

帆

翅膀

和窗户

在数学中

在深渊里

腿所想到的

腿完全能承担

无论是站好

还是坐好

腿所崇尚的

腿从不会推翻

它是反复和重合

凭对称

凭交替

凭2

凭走

走

左走右走

纵然在磁石与铁屑之间

深感到一种纷飞

触摸过南北极的冰雪了

它还是

从不恐惧

从不介入

也从不亲近

太阳

你的光辉意味着同性和放射

一只凭空的眼睛

就一对同性和恋人

在你和沐浴下
洗涤
那看见了的帆
看见了的船
和鸽子
渴望你凌空支起的支配
绝不是大师
又不靠知识
岂能容记忆如此闪烁
容海鸥不要眩晕
在沐浴中望着你
最早仙化的
一片人之群体

与脱节毫不相干
对于热闹
和对于偏爱
的步步迫近
无懈可击
和有懈可击
会加在一起
等于尾随在船队稍后
又是疲塌
但是实践
对于桨划动船
不算失误
不算要求
不算甘愿
不算转身面向大海
更加无愧和止步
它更精细些

更正确些
抛弃二
接着抛弃一
对于许诺
它无厢情愿

在横向上搭一根桅杆
在纵向上也搭上一根桅杆
于日光中
搭这些比比垂直的十字
横与竖永远抱紧
一阵风
那样绕各自的轴线旋转
是的界
就只会无情地
自己毁坏自己
你的在
就像是你的不在
它最直接
最身份
对于你自己的身败名裂
它只愿
重新确定一次日出
重新坚守一阵方向
不会被沉默所压倒
不再因揭露而弹跳
一个无以任用的大漏洞
看上去
正如穹隆的黄昏

但是哲学家看见的

猫头鹰看不见

哲学猫头鹰看见的

哲学家又看不见

只能凭眼睛和相互一瞥

来沟通

这异类和智慧

一瞥一瞥而颤抖

对于它的全盘流动的回环

所有的眼睛

使智慧不再分门别类

它们就在眼与睛之间

那眼光和研究

又岂止在眼前搁浅

看船

问帆

看手

问海鸥

向房顶和墓地

看垂落

向淡化

问翠绿

张开这张帆了

握紧这双手

看白帆发生

看伪爆炸形成

看极小的一点

被拖延

无端的无性

看它怎样被加冕

而那为加冕而落下的天空

还迟迟地浮在天上
户外是
还在落成

居然不通过 2
居然不通过 1
居然自行
让游荡
按下这只大腿
那只又知道点什么
居然在此地捉住了
由彼地生长过来的叶脉
口含这样的清水
照耀在金波粼粼的河上
就此打住自己
涉足停下来的昨日和明日
就此跳
同样的阳光
歇下来
另有发扬

一切都面向溶化
动作
就是作品
使自己预想不到
每一个
下一句
和每一次
滑
如果不是在天地之间
那么

我

就是你

从月亮到月亮

原来在一个

自身之群体

迷什么是完整

高论不能挑剔

对某些

预想不到的

船

的到达

稳定

就是我合并你

在任何一块石头上

都可以坐下来

看山

看水

看船

看帆

看海鸥和鸽子

想着树叶和鸟

晒太阳

想岁月

那样介入自己

那样来回走动

翻过山岗

走过草地

在一些轮廓上

指远

指近

指周围
指浮光与掠影中
哭的
究竟是什么呢

每一条铁路的两边
都长着草
每座山上
都长着树
河床上
就是有石头
土地上
就是有沙
花是开放的
路
是从这里到那里的
对这些
哭的是什么呢

可以用抚摸
来要求我
可以用声音
响我
放弃任何理由
来期待
强求一种评说
把支援撤下来
这里是举世的
清晰的
不回答的
东西

一身而睡

一身而走

一身而行

是木然　纯然

和了然

已经扎扎实实

已经到手到身

是在握的木质

掺和着笑

新生

掺和着水

还有帆　船

海鸥和鸽子

还有

海潮

与渔村

是纯

不因喧嚣而争议

不因报废

而蒙受损失

针对我的脸庞

你不要惧怕

针对这些扫帚

这些它

七十六年有一次

这些航天史上垂青的石头

你的眼　耳　鼻　舌　身

不要沉默

这些干干净净和头颅

无门之路

最隐秘的开端

不要惧怕

我斑纹

不再向你长大

不再跑跳跨越

我的帆

我的船

我　海鸥和鸽子

变 化

杨 黎

这是我的手
这不是你的手
你的手背藏在身后
我的手才扶在阳台上
看着下面

这是我家的阳台
这不是你家的阳台
（你家的阳台在那边）
而此刻———
我是站在我家的阳台上
你也是站在我家的阳台上
我们的眼睛
看着下面

这些想法
当然是我的
这不是你的
我想着这些事
心里
特别快乐
而你却一动不动
（某些意外的情节
难以理解）
好在我们的眼睛
都看着下面

下面逐渐模糊

我们的眼睛

开始什么也看不清楚

只是你的手

依旧扶在阳台上

我的手依旧

背藏在身后

我和你

表面上什么也没有说

下面

逐渐模糊

我们的眼睛

什么也看不清楚

你，站在你的阳台上

一动不动

我，站在你的阳台上

想起那些事

心里发酸

而我们的手

已经看不清楚

放在什么地方

冷风景

献给阿兰·罗布——格里叶

杨　黎

这条街远离城市中心

在黑夜降临时

这街上异常宁静

这会儿是冬天

正在飘雪

这条街很长

街两边整整齐齐地栽着

法国梧桐

（夏天的时候

梧桐树叶将整条整条街

全部遮了）

这会儿是冬天

梧桐树叶

早就掉了

街口是一块较大的空地

除了两个垃圾箱外

什么也没有

雪

已经下了好久

街两边的房顶上

结下了薄薄一层

街两边全是平顶矮房

这些房子的门和窗子

在这个时候

全部紧紧关着

这时还不算太晚

黑夜刚好降临

雪继续下着

这些窗户全贴上厚厚的报纸

一丝光线也透不出来

这是一条死街

街的尽头是一家很大的院子

院子里有一幢

灰色的楼房

天亮后会看见

黑色高大的院门

永远关着

站在外面

看得见灰色楼房的墙灰脱落

好像窗户都烂了

都胡乱敞开

院子围墙上已经长了许多草

夜晚月亮照着

没有一点反光

灰色楼房高高的尖顶

超过了这条街所有的

法国梧桐

（紧靠楼房的几间没有人住

平时也没有谁走近这里）

这时候却有一个人

从街口走来

深夜时

街右边有一家门突然打开

一股黄色的光

射了出来

接着"哗"的一声

一盆水泼到了街上

门还未关上的那一刹

看得见地上冒起

丝丝热气

最后门重新关死

雪继续下着

静静的

这是条很长很长的街

没有一盏路灯

异常的黑

记得夏天的晚上

街两边的门窗全都打开

许多黄光白光射出来

树影婆娑

（夏天的晚上

人们都坐在梧桐树下散凉）

夏天的中午

街口树荫下面站着一位穿白色连衣裙的少女

（风微微一吹

白色连衣裙就飘动起来）

这会儿是冬天

正在飘雪

忽然

"哗啦"一声

不知是谁家发出

接着是粗野的咒骂

接着是女人的哭声

接着是狗叫

（狗的叫声来得挺远）

有几家门悄悄打开

射出黄光、白光

街被划了好些口子

然后，门又同时

悄悄关上

过了好一会儿

狗不叫了

女人也不哭了

骂声也停止了

雪继续下着

静静的

这时候却有一个人

从街口走来

当然

秋天不会有

秋天如果有人在这个时候走来

脚踏在满街的落叶上

声音太响

这会儿是冬天

正在飘雪

雪虽然飘了一个晚上

但还是薄薄一层

这条街是不容易积雪的

天还未亮

就有人开始扫地

那声音很响

沙、沙、沙

接着有一两家打开门

灯光射了出来

天快亮的时候

送牛奶的在外面喊

拿牛奶了

接着是这条街最热闹的时候

所有的门都打开

许多人都推着自行车

呵着气

走向街口

这个时候

只有街的尽头

依然没有响动

天全亮后

这条街又恢复了夜晚的样子

天全亮之后

这街上宁静看得清楚

这时候有一个人

从街口走来

（穿一身红色滑雪衫）

冬天

秋天是满街落叶

春天树刚长叶子

夏天树叶遮完了这整条街

但这会儿是冬天

虽然雪停了

这会儿依旧是冬天

这会儿虽是冬天

但有太阳

街尽头院子里的灰色楼房

被太阳照着

这是一条很长很长的街

两边所有的房子

都死死地关着

这是一条很静很静的街

天全亮后

这条街又恢复了夜晚的样子
天全亮之后
这条街上宁静看得清楚
这时候
有一个人
从街口走来

时间表（组诗）

何小竹

《2006年6月15日》

整天都在写人物性格提纲
这也是我上次说的挣钱的事情
虽说是为了挣钱
但一旦进去了
还是比较有意思
和我在一起的还有吉木狼格
我们共同编写
这个名叫《达吉和她的父亲》的电视剧本
七月初我可能要去南京
参观何多苓的画展
顺道去看看韩东、闲梦等南京朋友
然后，与吉木狼格一起
到青城山闭关（写剧本）
直到十月底
那期间我的手机会一直开着
号码是：137*****439

《2006年6月17日》

那个跟南京一样热的地方叫万县
二十年前我跟剧团去演出，记得是冬天
我对江边邮局的印象很深
我喜欢有码头的地方

喜欢船，船上的桅杆，还有汽笛的声音
我不记得万县有什么好吃的了
父亲也没提起过（解放初期他在万县师专读过书）
我的第一篇小说是在万县发表的
那本杂志叫《三峡》，编辑是熊建成

明天我就要和吉木狼格去凉山了
去寨子里看看彝族人的生活
这也是写剧本的需要

《2006年6月26日》

回成都了，现在脑子里还有火车咣当咣当的声音
凉山之行很有意思，色彩斑斓
需要慢慢去整理
我们去了布拖，然后又去了昭觉和美姑
最后去了吉木狼格的老家雷波县
第一次看见金沙江
在去布拖的路上，我们翻越过一座三千多公尺的高山
去雷波，我们又翻越了一座四千多的高山
整个行程阳光灿烂，空气凉爽
只在金沙江边，感受过阵阵热浪
很多时候，我们的汽车都在幽深的谷底
顺着一条河流行驶
手机根本没有信号
凉山的水资源特别丰沛
沿途能看见许多小型的水电站
杜鹃花满山遍野，当地人叫索玛花
吉木狼格医专的同学散落在凉山的每个县医院
因此，对于吉木狼格来说
凉山之行像极了一次同学之旅，怀旧之旅

喝酒自然是不可避免的事情
到最后，二三十个同学以及同学的同事
集聚在雷波县城
（他们多数是医院的医生和护士）
喝酒便成了一件恐怖的事情
回昭觉的路上，我们洗了一次温泉
吃了一种养在温泉里的鱼，罗非鱼

《2006年6月29日》

天气预报说，成都今天有暴雨
我就开始等着，直到现在，暴雨并没如期而至
倒是接到了一个朋友的电话
他说现在的南京，已经到了摄氏四十度的高温
让我去的时候带上凉快一点的衣服
我的脑袋顿时嗡的一声
仿佛已经看见
一片蒸腾而上的白色火焰
笼罩在南京城头

《2006年7月29日》

我会尽量做到轻松
尽量争取快乐
不把结果想得太好
我只等待

其实，生活中早已没有悬念
唯有写作，它的妙处是
你永远不知道下一个句子
是什么音调，什么模样

某个虚构的人物，会在何时何地出现

再就是阅读，比如贝克特

它只要还摆放在书架上

就永远是一个悬念

《2006年8月5日》

有个女孩叫达吉

她喜欢一个男孩叫估基拉霍

喜欢或者爱，她还不是分得很清楚

他们一起长大，可谓青梅竹马

后来，估基拉霍见到了另一个女孩阿侯乌莎

一见钟情，但也是一厢情愿

因为阿侯乌莎已经有了自己钟情的男孩

他叫沙马打铁

他们也是一起长大，也是

青梅竹马

故事接着发展

那个叫沙马打铁的男孩

原来喜欢的并不是

青梅竹马的阿侯乌莎

而是达吉（也是一见钟情）

当然，阿侯乌莎后来也喜欢估基拉霍了

而达吉也发现

真正值得自己去爱的

是沙马打铁……

这就是昨天下午

我和吉木狼格在茶馆

为我们的电视剧编造的一个故事大纲

《8月7日》

错过了7月17
再提8月7日便失去了意义
放下小说回到现实
所谓物是人非
有些话说出来也只是徒增伤悲
一支烟抽了一半
就是半支烟
那么时间呢？一段时间
要是没被延续
就不是半段时间
而是什么都没有了
如过眼云烟

飞机从天上飞过

何小竹

飞机从天上飞过
此时我坐在阳台上
左侧是春天的太阳
飞机的响声有一段时间
遮蔽了周围的鸟叫
那些鸟儿无声地
飞离了屋顶
此时天空是一种单纯的颜色
飞机飞过很容易看见
在这宽阔的天空下面
还有我从阳台上
看见的一部分
郊外的楼房

种烟叶的女人

小　安

你在床和窗子之间
种子许多烟叶
（用水泥地板种出来的）
那种烟叶
又香又嫩

你一早出门去
抽着这种烟叶
我做饭时
也能闻到
那时
表明你要回家了
我手上的动作就更快

有时候
我也偷偷吸两口
（我太累了）
绕着那小块烟叶地走两圈
每次总是又舒服又习惯

除了种烟叶
我还有许多事情要做
我知道在什么时候
打开窗子
通通风

想着你在一个什么地方
和别的女人们吸烟
并且谈论我的作坊
我感到很快活

我私下里打算
翻过年去换个地方
老种这种烟叶
也够腻味的

当然，在你面前
我还是很规矩的

空　白

小　安

在眼睛上方
有块空白
是用来修房子的
修房子的人
住在另一块空白里
我常在附近散步
一心想弄走那栋房子
到如今
每间房子都还空着
也不止一人
伸手
上这儿来拥挤
修了房子的这块空白
另一些空白
仍然空着

水仙花

尚仲敏

水仙花，我和你一样不耐寒
心一冷就死。渴望阳光
内心藏不住秘密
被所有的人一览无余

你美得如此短暂
美得让我措手不及

我凝视你时，就算你不说话
我也知道你的心思

我一个人说，你听着就是了

我喜欢你，却不能为你写诗
因为我所有的诗只献给一个人
一个风雨中站在大门口
等我回家的人

逆　行

尚仲敏

三胖，三胖
你到底
去哪了？

今天
要是你
再不出来
我就不告诉你
哪里还有
更好吃的奶酪

我更不会
告诉你
在中国
四川省成都市
以南的
一条高速路上
一辆车
正在逆行

开车的人
面对虎啸而来
的车流
他还以为
别人都在逆行

三胖，我晃眼一看
那人留着你的发型
但没你胖

人群中我想见一个人

吉木狼格

高处看水
矮处看山
她不高不矮但
很远

这一天

吉木狼格

这一天就这样，不管我在哪里
睡一觉醒来，就是这一天了

这一天总会到来
我的一生有很多这一天

我等待着这一天
没有这一天哪有我的等待

我又将浪费这一天
我认为我应该伤感

即使活一百岁
也就三万多天

一天很短，三万多个一天
也很短，短到只有一百年

我喜欢这一天
我喜欢不知道会发生什么事情

这一天爱情近在咫尺
又远在天边

这一天许多程序要完成
这一天我多半要去喝酒

死亡表演

唐亚平

现在无事可干
我摊开肢体，蒙头大睡
血的沉沦无边无际
睡成一张白纸一张兽皮
一张秘方膏药睡姿飘逸
薄薄铺在床上
床上铺水铺沙铺两层烟云
风水洋溢，我乐于沉浮

一片玻璃身不由己
狂饮骨雕的风景
卧室的西床睁着盲眼
我端详梦中的睡相
四肢没有形状
血不醒酒，醉成泥
睡成金枝玉叶
一摊静水
一堆芬芳的垃圾
对面的西墙扯起风帆
一片温床顺流而下
一叶扁舟在手上漂泊
枕头已经抛锚
梦见瞎鸟在镜中飞
叫声飘零

被子在深夜发酵

不同的懒散同时膨胀

绣花睡衣一身浮肿

我血肉蓬松，睡意绵绵

床是迷人的舞台

这时我在天上

流星划过眼角

柔软的夕阳静谧辉煌

遥远的梦境灯火通明

我身临其境，任酣睡表演死亡

一条腿表演，一条腿看戏

一边脸死去，一边脸守灵

死是一种欲望一种享受

我摊开躯体，睡姿僵化

合上眼睛像合上一本旧书

发亮的窗口醒成墓碑

各种铭文读音嘈杂

黑色沙漠（组诗）

唐亚平

黑夜　序诗

我的眼睛不由自主地流出黑夜
流出黑夜使我无家可归
在一片漆黑之中我成为夜游之神
夜雾中的光环蜂拥而至
那丰富而含混的色彩使我心领神会
所有色彩归宿于黑夜相安无事
游夜之神是凄惶的尤物
长着有肉垫的猫脚和蛇的躯体
怀着鬼鬼祟祟的幽默回避着鸡叫
我到底想干什么　我走进庞大的夜
我是想把自己变成有血有肉的影子
我是想似睡似醒地在一切影子里玩游
真是个尤物是个尤物是个尤物
我似乎披着黑纱煽起夜风
我这样潇洒　轻松　飘飘荡荡
在夜晚一切都会成为虚幻的影子
甚至皮肤　血肉和骨骼都是黑色
莫名其妙　莫名其妙　莫名其妙
天空和大海的影子成就了黑夜

黑色沼泽

傍晚是模糊不清的时刻

这蒙昧的天气最容易引起狗的怀疑
我总是疑神疑鬼我总是坐立不安
我披散长发飞扬黑夜的征服欲望
我的欲望是无边无际的漆黑
我长久地抚摸那最黑暗的地方
看那里成为黑色的漩涡
并且以漩涡的力量诱惑太阳和月亮
恐怖由此产生夜一样无处逃脱
那一夜我的隐秘在惊惶中暴露无遗
唯一的勇气诞生于沮丧
最后的胆量诞生于死亡
要么就放弃一切　要么就占有一切
我非要走进黑色沼泽
我天生的多疑天生的轻信
我在出生之前就使母亲的预感痉挛
噩梦在今晚将透过薄水
把回忆陷落并且淹没
我要淹没的东西已经淹没
只剩下一束古老的阳光没有征服
我的沉默堵塞了黑夜的喉咙

黑色眼泪

是谁家的孩子在广场上玩球
他想激发我的心在大地上弹跳
弹跳着发出空扑扑的响声
谁都像球一样在地球上滚来跳去
我没想到上帝创造了这么多人
我没想到这么多人只创造了一个上帝
每个人都像上帝一样主宰我
是谁懒洋洋地君临又懒洋洋地离去

在破瓷碗的边缘我沉思了一千个瞬间
一千个瞬间成为一夜
黑色寂寞流下黑色眼泪
倾斜的暮色倒向我
我的双手插入夜
好像我的生命危在旦夕
对死亡我不想严阵以待
我忧虑万分
我想扔掉的东西还没有扔掉

黑色犹豫

黄昏将近
停滞的霞光在破败中留念自己的辉煌
我闭上眼睛迟迟不想睁开
黑色犹豫在血液里循环
晚风吹来可怕的迷茫
我不知该往哪里走
我这样忧伤
也许是永恒的乡愁
我想走过那片原野
那是一片衰黄古板的原野
我的徘徊已精疲力竭
我向着太阳走了一天
我发现他每天也在徘徊
在黑色的犹豫中陷落

黑色洞穴

洞穴之黑暗笼罩昼夜
蝙蝠成群盘旋于拱壁

翅膀扇动阴森淫秽的魅力

女人在某一辉煌的瞬间

隐入失明的宇宙

是谁伸出手来指引没有天空的出路

那支手瘦骨嶙峋

要把女性的浑圆捏成棱角

覆手为云翻手为雨

把女人拉出来

让她有眼睛有嘴唇

让她有洞穴

是谁伸出手来

扩展有没有出路的天空

那只手瘦骨嶙峋

要把阳光聚于五指

在女人乳房上烙下烧焦的指纹

在女人的洞穴里烧铸钟乳石

转手为乾扭手为坤

黑色睡裙

我在深不可测的瓶子里灌满洗脚水

下雨的夜晚最有意味

约一个男人来吹牛

他到来之前我什么也没想

我放下紫色的窗帘开一盏发红的壁灯

黑睡裙在屋里荡了一圈

门已被敲响三次

他进门时带着一把黑伞

撑在屋子的中间的地柜上

我们开始喝浓茶

高贵的阿诀自来水一样哗哗流淌

甜蜜的诺言星星一样动人

我渐渐地随意地靠着沙发

以学者般的冷漠讲述老处女的故事

在我们之间上帝开始潜逃

他捂着耳朵掉了一只拖鞋

在夜晚吹牛有种浑然的效果

在讲故事的时候

夜色越浓越好

雨越下越大越好

黑色石头

找一个男人来折磨

长虎牙的美女的微笑

要跟踪自杀的脚印活下去

信心十足地走向绝望

虚无的土地和虚无的天空

要多伟大就有多伟大

死去的石头活着也是石头

无所恨无所爱

无所忠贞无所背叛

越是伤心越是痛快

让不可捉摸的意念操纵一切

毛烘烘的小鸟啄空了卑鄙的责任感

一个脑袋拒绝收容一个梦想

活动着的血液弥漫着灾难的气息

即使禁果已经熟透

不需要任何诱惑也会抢劫一空

这里到处是孕妇的面孔

蝴蝶斑跃跃欲飞

噩梦的神秘充满刺激

活着要痉挛一生

黑色霜雪

雪岗在山腰上幽幽冥冥
霜雪滋润干冷的夜色
一切将化为乌有
女巫已陷于自己的幻术
有谁能在夜晚逃脱自己
有谁能用霜雪写自己的名字
我有的是冷漠的神情
世界也为之扁平
魔力的施展永远借助于夜的施展
霜雪如漆的脸色封冻寂寞
早晨从水上开始面对水
炊烟如猫舔着瓦的鳞片
胜利逃亡之鱼穿过鲜活的市场
空气血腥，叫卖声撕破黎明

黑色乌龟

慵懒之潭深不可测
一串水泡装饰着某种阴险
乌龟做着古老的梦
做梦的时候缩头缩脑
我怀着乌龟的耐心消磨长夜
黑色温情滋润天地

浮云般的树影欲飞欲仙
令人神往的飘逸
乌龟善于玩弄梦想

瘦弱的月亮弯下疲惫的腰
夜的沉重不能超越
我身怀一窝龟卵
乌鸦把我叫醒
慵懒之眠在晚霞中流产
我寻思该怎样感谢乌鸦
想起来谁都需要感谢

黑夜　跋诗

兄弟，我透明得一无所有
但是你们要相信我非凡的成熟
我的路一夜之间化为绝壁
我决定背对太阳站着
让前途被阴影淹没
你的呼唤迎面而来
回音成为鹅卵石滚进干涸的河道
啊兄弟，我们上哪儿去
我的透明就是一切
你们可以信任我辉煌的成熟
望着你　我突然苍老如夜
在黑暗中我选择沉默冶炼自尊
冶炼高傲
你不必用善意测知我的深渊
我和绝壁结束了对峙
靠崇高的孤独和冷峻的痛苦结合
哦兄弟
我的高贵和沉重将超过一切

独身女人的卧室

伊　蕾

1. 镜子的魔术

你猜我认识的是谁
她是一个，又是许多个
在各个方向突然出现
又瞬间消隐
她目光直视
没有幸福的痕迹
她自言自语，没有声音
她肌肉健美，没有热气
她是立体，又是平面
她给你什么你也无法接受
她不能属于任何人
——她就是镜子中的我
整个世界除以二
剩下的一个单数
一个自由运动的独立的单子
一个具有创造力的精神实体
——她就是镜子中的我
我的木框镜子就在床头
它一天做一百次这样的魔术
你不来与我同居

2. 土耳其浴室

这小屋裸体的素描太多
一个男同胞偶然推门
高叫"土耳其浴室"
他不知道在夏天我紧锁房门
我是这浴室名副其实的顾客
顾影自怜——
四肢很长，身材窈窕
臀部紧凑，肩膀斜削
碗状的乳房轻轻颤动
每一块肌肉都充满激情
我是我自己的模特
我创造了艺术，艺术创造了我
床上堆满了画册
袜子和短裤在桌子上
玻璃瓶里迎春花枯萎了
地上乱开着暗淡的金黄
软垫和靠背四面都是
每个角落都可以安然入睡
你不来与我同居

3. 窗帘的秘密

白天我总是拉着窗帘
以便想象阳光下的罪恶
或者进入感情王国
心里空前安全
心里空前自由
然后幽灵一样的灵感纷纷出笼
我结交他们达到快感高潮
新生儿立即出世
智力空前良好

如果需要幸福我就拉上窗帘
痛苦立即变成享受
如果我想自杀我就拉上窗帘
生存欲望油然而生
拉上窗帘听一段交响曲
爱情就充满各个角落
你不来与我同居

4. 自画像

所有的照片都把我丑化
我在自画像上表达理想
我把十二种油彩合在一起
我给它起名叫P色
我最喜欢神秘的头发
蓬松的刘海像我侄女
整个脸部我只画了眉毛
敬祝我像眉毛一辈子长不大
眉毛真伟大充满了哲学
既不认为是，也不认为非
既不光荣，也不可耻
既不贞洁，也不淫秽
既不是生，也不是死
我把自画像挂在低矮的墙壁
每日朝见这唯一偶像
你不来与我同居

5. 小小聚会

小小餐桌铺一块彩色台布
迷离的灯光泄在模糊的头顶

喝一口红红的酒
我和几位老兄起来跳舞
像舞厅的少男少女一样
我们不微笑，沉默着
显得昏昏欲醉
独身女人的时间像一块猪排
你却不来分食
我在偷偷念一个咒语——
让我的高跟鞋跳掉后跟
噢！这个世界已不是我的
我好像出生了一个世纪
面容腐朽，脚上也长了皱纹
独身女人没有好名声
只是因为她不再年轻
你不来与我同居

6. 一封请柬

一封请柬使我如释重负
坐在藤椅上我若有所失
曾为了他那篇论文我同意约会
我们是知音，知音，只是知音
为什么他不问我点儿什么
每次他大谈现代派、黑色幽默
可他一点也不学以致用
他才思敏捷，卓有见识
可他毕竟是孩子
他温存多情，单纯可爱
他只能是孩子
他文雅庄重，彬彬有礼
他永远是孩子，是孩子

——我不能证明自己是女人
这一次婚礼是否具有转折意义
人是否可以自救或者互救
你不来与我同居

7. 星期日独唱

星期日没有人陪我去野游
公园最可怕，我不敢问津
我翻出现存的全体歌本
在土耳其浴室里流浪
从早饭后唱到黄昏
头发唱成1
眼睛唱成2
耳朵唱成3
鼻子唱成4
脸蛋唱成5
嘴巴唱成6
全身上下唱成7
表哥的名言万岁——
歌声是心灵的呻吟
音乐使痛苦可以忍受
孤独是伟大的
（我不要伟大）
疲乏的眼睛憩息在四壁
头发在屋顶下飞像黑色蝙蝠
你不来与我同居

8. 哲学讨论

我朗读唯物主义哲学——

物质第一

我不创造任何物质

这个世界谁需要我

我甚至不生孩子

不承担人类最基本的责任

在一堆破烂的稿纸旁

讨论艺术讨论哲学

第一，存在主义

第二，达达主义

第三，实证主义

第四，超现实主义

终于发现了人类的秘密

为活着而活着

活着有没有意义

什么是最高意义

我有无用之用

我的气息无所不在

我决心进行无意义结婚

你不来与我同居

9. 暴雨之夜

暴雨像男子汉给大地以鞭楚

躁动不安瞬间缓解为深刻的安宁

六种欲望掺和在一起

此刻我什么都要什么都不要

暴雨封锁了所有的道路

走投无路多么幸福

我放弃了一切苟且的计划

生命放任自流

暴雨使生物钟短暂停止

哦，暂停的快乐深奥无边
"请停留一下"①
我宁愿倒地而死
你不来与我同居

10.　象征之梦

我一人占有这四面墙壁
我变成了枯燥的长方形
我做了一个长方形的梦
长方形的天空变成了狮子星座
一会儿头部闪闪发亮
一会儿尾部闪闪发亮
突然它变成一匹无缰的野马
向无边的宇宙飞驰而去
套马索无力地转了一圈垂落下来
宇宙漆黑没有道路
每一步都有如万丈深渊
自由的灵魂不知去向
也许她在某一天夭折
你不来与我同居

11.　生日蜡烛

生日蜡烛像一堆星星
方方的屋顶是闭锁的太阳系
空间无边无沿
宇宙无意中创造了人
我们的出生纯属偶然

---

① 《浮士德》中浮士德最后的话。

生命应当珍惜还是应当挥霍

应当约束还是应当放任

上帝命令：生日快乐

所有举杯者共同大笑

迎接又临近一年的死亡

因为是全体人的恐惧

所以全体人都不恐惧

可惜青春比蜡烛还短

火焰就要熄灭

这是我一个人的痛苦

你不来与我同居

12. 女士香烟

我吸它是因为它细得可爱

点燃我做女人的欲望

我欣赏我吸烟的姿势

具有一种世界性美感

烟雾造成混沌的状态

寂寞变得很甜蜜

我把这张报纸翻了一翻

戒烟运动正在广泛开展

并且得到了广泛支持

支持的并不身体力行

不支持的更不为它作出牺牲

谁能比较出吸烟的功德与危害

戒烟和吸烟只好并行

各取所需

是谁制定了不可戒的戒律

高等人因此而更加神奇

低等人因此而成为罪犯

今夜我想无罪而犯
你不来与我同居

13.　想

我把剩余时间统统用来想
我赋予想一个形式：室内散步
我把体验过的加以深化
我把未得到的改为得到
我把发生过的加以进展
我把未曾有的化成幻觉
不能做的都想
怯于对你说的都想
法律踟蹰在地下
眼睁睁仰望着想
罗网和箭矢失去了目标
任凭想胡作非为
我想签证去理想的王国居住
我只担心那里已经人口泛滥
你不来与我同居

14.　绝望的希望

这繁华的城市如此空旷
小小的房子目标暴露
白天黑夜都有监护人
我独往独来，充满恐惧
我不可能健康无损
众多的目光如刺我鲜血淋漓
我祈祷上帝把那一半没有眼的椰子①

---

①　神话传说中鬼把一半没有眼的椰子分给活人，活人就看不到它。

分给全体公民
道路已被无形的障碍封锁
我怀着绝望的希望夜夜等你
你来了会发生世界大战吗
你来了黄河会决口吗
你来了会有坏天气吗
你来了会影响收麦子吗
面对所恨的一切我无能为力
我最恨的是我自己
你不来与我同居

我们去流浪

伊　蕾

今夜旋律这样忧伤
走吧，我们去流浪
流浪的生活是自由的生活
流浪者的法律是自由万岁
我们被释放
思想四下逃散
没有繁文缛节
纸币当成卫生纸
所有的道路我们任意选择
在任何一块土地
让我们同行同宿
最好碰到洪水大发
或者暴徒成群
让我们的四肢发达如初
反抗的力量天翻地覆
流浪（星期日）
流浪（星期一）
流浪（星期二）
流浪（星期三）
流浪（星期四）
流浪（星期五）
流浪（星期六）

车过甜爱路

张　烨

初春
梧桐枝头跳跃着嫩绿的希望
汽车在清新的柏油路上奔驰
一个声音在车后追赶
呼唤着我的名字
车过甜爱路没有停下
我抓牢摇晃的把手一声也不响
仿佛来时并不明了，我为何
梳理得如此整洁优雅
为何在衬衣的领口，悄悄地
别着一朵清馨的春兰，为什么
一路上胸口悸动脸颊发烫
可这一切
微笑在路边的梧桐
旧时相识的飞鸟都知道
车过甜爱路
没有停下，我一声也不响
心中的天空正在下雨

夜过一座城市

张　烨

火车的呼啸传到你这里已成为微风
微风轻轻走过不触动周围什么
但花草已经认出，涌起战栗、低唤
今夜，我也是一阵微风

敬告作者

为了保护有关作者的合法权益，我社曾多方联系本套书所涉及作者的版权事宜。但遗憾的是，由于种种原因，仍未能与少数作者取得联系。现谨对尚未取得联系的作者深表歉意，并请有关作者或著作权人见书后，尽快致函作家出版社，以便及时奉寄样书和稿酬。

通讯单位：作家出版社

通讯地址：北京市朝阳区农展馆南里10号

邮政编码：100125

联系电话（传真）：010-65925260

图书在版编目（CIP）数据

"朦胧诗"与"第三代诗" / 陈晓明主编． -- 北京：
作家出版社，2018.12
（改革开放40年文学丛书）
ISBN 978-7-5212-0315-8

Ⅰ．①朦… Ⅱ．①陈… Ⅲ．①诗集 – 中国 – 当代
Ⅳ．①I227

中国版本图书馆CIP数据核字（2018）第296086号

"朦胧诗"与"第三代诗"

主　　编：陈晓明
统　　筹：兴　安　崔庆蕾
责任编辑：宋辰辰
装帧设计：意匠文化·丁奔亮
出版发行：作家出版社有限公司
社　　址：北京农展馆南里10号　　邮　　编：100125
电话传真：86-10-65067186（发行中心及邮购部）
　　　　　86-10-65004079（总编室）
E-mail:zuojia@zuojia.net.cn
http://www.zuojiachubanshe.com
印　　刷：三河市兴博印务有限公司
成品尺寸：152×230
字　　数：391千
印　　张：25.75
版　　次：2018年12月第1版
印　　次：2018年12月第1次印刷
ISBN 978-7-5212-0315-8
定　　价：1200.00元（全20册）